Sabine Hagemann

Ein perfekt unperfektes Weihnachten

1. Auflage

Satz: Bruno Dorn, Societäts-Verlag
Umschlaggestaltung: Bruno Dorn, Societäts-Verlag, unter Verwendung von shutterstock/AllaMa & vertukha
Druck und Verarbeitung: Print Best Printing Company
Printed in EU 2024
ISBN 978-3-95542-493-0

Besuchen Sie uns im Internet:
www.societaets-verlag.de

FSC
www.fsc.org
MIX
Papier | Fördert gute Waldnutzung
FSC® C129413

ClimateCalc™
Der CO2-Ausstoß dieses Druckproduktes wurde mit ClimateCalc berechnet und kompensiert: [Kompensationsanbieter]
www.climatecalc.eu CC-000113/EE

Sabine Hagemann

Ein perfekt unperfektes Weihnachten

Eine Frankfurter Weihnachtsgeschichte

societäts\verlag

1

Voller Vorfreude hüpft Luis aus dem Bett. Seit gestern stehen 24 geheimnisvolle Säckchen und Päckchen auf seiner Fensterbank und er kann es kaum erwarten, eins nach dem anderen bis Weihnachten zu öffnen. Gezielt greift er sich den Beutel mit der 1 darauf, den er am Vortag schon herausgesucht und neugierig von allen Seiten befühlt hat. Zu erraten, was Mama und seine große Schwester Lea in seinen Adventskalender gepackt haben, ist genauso spannend wie das Auspacken selbst. Ungeduldig öffnet er das Säckchen und juchzt. Ein Flummi! Da hatte er tatsächlich richtig gelegen. Luis hört Mama im Arbeitszimmer nebenan mit der Computermaus klicken. Sie ist also schon auf, denkt er und titscht sein neues Spielzeug übermütig auf den Boden. Der neongelbe Gummiball geht ab wie eine Rakete, saust gegen die Decke, knallt auf Luis' Tisch und befördert seinen blechernen Stiftebecher mit lautem Scheppern zu Boden.

Chrissi fährt zusammen, als es in Luis' Zimmer poltert. Aha, denkt sie, da hat wohl jemand den Flummi aus dem Säckchen rausgelassen. Sie schmunzelt, da scheppert es wieder. »Luis! Geht das auch leiser?«, ruft sie, den Blick auf den Computerbildschirm geheftet, auf dem sich die Tabs diverser Shoppingseiten aneinanderreihen. Es fehlt noch Etliches, um das Weihnachtsfest perfekt zu machen. Obwohl sie schon früh angefangen hat, die neuesten Weihnachtstrends zu studieren. Welche Klassiker erleben ein Revival? Welche modernen Akzente sind Must-haves? Soll es kuschelig hygge oder von edler Eleganz werden? Und: Jeder, der auf dem Sachsenhäuser Lerchesberg in der Weihnachtszeit spazieren geht, soll sich am geschmückten Haus der Brückners erfreuen. Sie erntet jedes Jahr viel Lob aus der Nachbarschaft für ihr Meisterwerk. Aber dahinter steckt harte Arbeit. Ihr Mann Sebastian ist dabei keine große Hilfe. Der Weihnachtsmuffel würde im Dezember am liebsten die Flucht auf die Osterinseln antreten. »Hast du schon den Dinosaurier gefunden, Mama?«, hört Chrissi Luis fragen, der mit seinem Lieblingsstofftier unter dem Arm ins Arbeitszimmer gekommen ist. »Muss es denn unbedingt der Stegosaurus sein?«, fragt Chrissi zurück und nimmt ihre Computerbrille ab, die ihr peinlich ist. »Aber der Milo hat sich doch so einen gewünscht«, protestiert der Fünfjährige. Gestern hatten sie im Kaufhaus eine Wunschkarte von einem Weihnachtsbaum mitgenommen, an dem die Weihnachtswünsche von Kindern mit weniger Glück im Leben hingen. Luis durfte die Wunschkarte aussuchen. Er hatte sich für die vom drei Jahre alten Milo entschieden, der sich ein Dinosaurier-Kuscheltier wünscht und dazu eine Zeichnung von einem grünen Stegosaurus mit braunen Zacken auf dem Rücken angefertigt hat. Genauso einen hatte Chrissis Bruder Andreas Luis vergangene Weihnachten geschenkt. Es war sofort sein Lieblingsstofftier geworden, und Luis verstand den Wunsch des kleinen Milo nur zu gut. Chrissi und Luis machten sich daraufhin direkt auf die Suche und hetzten durch die Menschenmenge auf der Zeil. Einen jungen Mann, der Chrissi als Spenderin für eine Hilfsorganisation gewinnen wollte, ließ sie mit den Worten: »Keine Zeit, wir suchen einen Dinosaurier!« stehen. In den überfüllten Geschäften begegneten ihnen mehr Dinos als im Senckenberg Museum, nur ein Stegosaurus war nicht dabei.

Jetzt durchforstet Chrissi das Internet, aber auch dort scheint die Urzeitechse ausgestorben zu sein. »Mama, wenn du keinen Stegosaurus findest ...«, fängt Luis an und es kostet ihn Überwindung, weiterzureden, »meinst du, Milo würde sich über meinen freuen?« Chrissi macht große Augen. »Du würdest deinen Lieblingsdino einem anderen Kind schenken?« Luis legt sein Kuscheltier auf den Tisch und nickt. Chrissi hat auf einmal einen Kloß im Hals. Sie zieht Luis auf ihren Schoß. »Nein, Spatz, du musst deinen Dino nicht hergeben. Lass uns mal zusammen schauen«, sagt sie und öffnet eine Suchmaschine in einem anderen Browser. Gleich der erste Treffer ist ein grüner Stegosaurus mit braunem Rückenkamm - erhältlich in der Frankfurter Filiale eines schwedischen Möbelhauses. Luis jubelt: »Ja, genau so einen!« und auch Chrissi ist erleichtert. Es klingelt.

2

Chrissi streicht behutsam mit der Hand über den weichen Stoff. Liebevoll faltet Chrissi die Jacke zusammen und drückt sie kurz an sich, bevor sie diese wieder zu den anderen Kleidungsstücken in den Kleidersack legt, mit dem ihre Mutter gestern Morgen klingelnd vor der Tür stand. »Ich wollte sie in die Altkleidersammlung geben, aber ich bringe es nicht übers Herz. Könntest du das für mich übernehmen?« Natürlich hatte Chrissi eingewilligt. Barbara wohnt im Haus gegenüber. Chrissi findet es schön, sie in der Nähe zu wissen und das nicht erst seit ihrem schweren Verlust. Papas Tod hat die beiden Frauen allerdings noch enger zusammengeschweißt. Chrissi kann es kaum glauben, dass es das erste Weihnachten ohne Heinz und seinen Schatz an Weihnachtsliedern sein wird. Chrissis Vater war hochmusikalisch und durch eine Erbschaft wohlhabend, sodass er seinen Traum, als Orgelstimmer durch die Welt zu reisen, verwirklichen konnte. Barbara hatte ihren Beruf als Krankenschwester aufgegeben, als Chrissi und Andreas zur Welt kamen. So fuhren sie oft alle gemeinsam zu Papas Einsatzorten. Barbara assistierte ihrem Mann, indem sie die entsprechende Taste des Instruments gedrückt hielt, während Heinz die dazugehörige Pfeife wieder auf die richtige Tonhöhe brachte. Chrissi zieht noch ein T-Shirt aus dem Kleidersack und muss lächeln. Auf dem Kleidungsstück sind der Spruch »Mit Pfeifen kann ich umgehen« und eine Kirchenorgel aufgedruckt. Chrissi erinnert sich, dass der Pfarrer einer Salzburger Kirche Heinz das Shirt geschenkt hat. An die prachtvolle Kirche mit den bunten Glasfenstern dachte sie häufig zurück. Genau dort war es, dass sie schon als junges Mädchen, während sich ihr Vater auf die Tonleitern konzentrierte, lautstark verkündete: »Ich werde mal Architektin!«.

Oma Barbara lässt von ihrem behaglichen Sofa aus den Blick zum Fenster schweifen. Draußen ist es grau und nasskalt. Eigentlich wollte sie spazieren gehen. Vom Lerchesberg zum Jacobiweiher – das ist ihre Lieblingsstrecke. Wenn es doch nicht so ungemütlich draußen wäre, denkt sie und überlegt, ob sie den Fernseher einschalten soll. Vom Sideboard her strahlt Heinz sie an. Unzählige Lachfältchen umspielen seine Augen, sein volles weißes Haar wallt bis auf die Schultern. Barbara lächelt die Fotografie an. »Du hättest jetzt gesagt: ›Es gibt kein schlechtes Wetter, nur die falsche Ausrüstung‹, stimmt's? Und weißt du was? Du hast recht.« Voller

Vorfreude auf den Spaziergang steht sie von der Couch auf, schlüpft in eine warme Jacke und schnürt ihre Wanderstiefel. Als Barbara das Haus verlässt, sieht sie den Paketwagen die Straße hinauffahren und ist nicht überrascht, als das große Fahrzeug vor dem hübsch dekorierten Haus von Chrissi und Sebastian stehenbleibt. Der Bestellmarathon ist wohl in vollem Gange. Ihre Tochter entdeckt ständig etwas, das ihrer Ansicht nach noch fehlt, und die Messlatte für das Weihnachtsfest liegt jedes Jahr höher. Der Paketbote dürfte nun nahezu täglich vorfahren. Sie geht an dem Lieferwagen vorbei, als der Fahrer pfeifend aus dem Auto hüpft. Zuerst fallen Barbara die kurzgeschorenen türkis gefärbten Haare auf, dann die Schuhe in genau derselben Farbe. »Ihre Schuhe sehen ja toll aus«, ruft sie dem Paketboten zu. Als dieser fröhlich und mit glockenheller Stimme: »Danke, das höre ich oft« antwortet, stellt sie fest, dass es eine junge Frau ist. Diese händelt die Pakete so flink und mit Leichtigkeit, dass Barbara staunend stehenbleibt. »Sie haben das aber gut im Griff«, stellt sie bewundernd fest. Die türkishaarige Paketbotin lacht. »Ich mach das auch schon eine Weile. Außerdem arbeite ich noch als Clownin in einem Kinder-Mitmachzirkus. Ich kann jonglieren«, sagt sie, während sie weiter die Päckchen tanzen lässt. »Wir sehen uns jetzt bestimmt öfter, meine Tochter bestellt in der Vorweihnachtszeit wie eine Weltmeisterin«, prophezeit Barbara ihr. »Ich freu mich drauf«, ruft die Paketbotin fröhlich zurück, während sie einen Stapel Pakete zum Haus der Brückners balanciert und auf den Knopf neben der mit einem Adventskranz verzierten Tür drückt. Es klingelt.

3

Luis besteht darauf, seine Schneekugel mit in den Kindergarten zu nehmen. Die war heute in Mamas und Leas Adventskalender. Er vermisst seine große Schwester manchmal ganz schön doll, seit sie zum Studieren nach Göttingen gezogen ist. Weil Mama heute ins Büro geht und Papa von zu Hause arbeitet, bringt er ihn in den Kindergarten. Unterwegs schüttelt Luis die Schneekugel und lässt die weißen Flocken auf den mit Geschenken beladenen Zug rieseln. »Meinst du, es wird an Weihnachten schneien?«, fragt Luis. »Wahrscheinlich nicht. Wetterforscher sagen, dass es nur etwa alle zehn Jahre in Deutschland weiße Weihnachten geben könnte«, sagt Papa etwas bedauernd. Zehn Jahre. Das ist ja eine Ewigkeit! »Ich kann es mir ja vom Weihnachtsmann wünschen«, schlägt Luis vor. Papa scheint in Gedanken schon bei der Straße zu sein, die sie jetzt überqueren müssen. Sie schauen zusammen nach links, nach rechts und wieder nach links. »Können wir rüber?«, fragt Papa. Luis ist immer stolz, wenn Papa ihn wichtige Entscheidungen treffen lässt. Er schaut lieber noch mal. »Ja, alles frei«, sagt er. Vor der Kindergartentür trifft es Luis plötzlich wie ein Blitz. »Papa, ich habe ganz vergessen zu gucken, was Lasse über Nacht gemacht hat!« Sebastian schaut seinen Sohn ratlos an. »Lasse! Unser Hauswichtel. Der kommt doch jetzt bis Weihnachten immer nachts durch die Wichteltür im Wohnzimmer und macht verrückte Sachen!«, füllt Luis Papas Gedächtnislücke. »Ach ja, natürlich. Weiß ich doch. Entschuldige, ich war gerade mit den Gedanken woanders. Sicher hat sich Lasse etwas Tolles für dich ausgedacht und du hast etwas, worauf du dich nach dem Kindergarten freuen kannst.«

Sebastian hält in der Wohnung nach dem Wichtelstreich Ausschau. Auch wenn er sich nicht viel aus dem weihnachtlichen Brimborium macht, wird es ihm warm ums Herz, wenn sich Luis über den Wichtel-Schabernack freut. Und Chrissis Ideenreichtum ist da enorm. Sebastian inspiziert die Wohnzimmerecke, in der später der Weihnachtsbaum aufgestellt wird. Dort befindet sich Lasses kleine rote Wichteltür über der Lamperie, von der ein Holztreppchen auf den Fußboden führt. Neben den Stufen stehen Weihnachtsbäumchen aus bemaltem Holz und außerdem ein Bänkchen, ein Briefkästchen, ein Strickleiterchen und mehrere Zäunchen. Nicht zu vergessen die Weihnachtsdeko in Miniaturausgabe, sogar das winzige Fußmättchen hat ein Weihnachtsmotiv. Sebastian ist davon überzeugt, dass es selbst in der Weihnachtsmann-Zentrale am Nordpol unweihnachtlicher aussehen muss. Von einem Streich ist nichts zu entdecken. Sebastian richtet sich wieder auf, greift zum Telefon und wählt Chrissis Nummer im Büro. »Hey Schatz, ich soll dich von Lasse grüßen. Er würde gerne mit mir zu den Osterinseln durchbrennen.« »Aha, da seid ihr aber eine ganze Weile unterwegs«, kommt es durch den Hörer zurück. »Ach was, mit Luis' Spielzeugrennauto geht das ganz fix. Ich würde dann mal das Fluchtfahrzeug vor Lasses Tür parken. Es sei denn, es gibt da einen anderen Wichtelstreich, den ich übersehen habe?« »Ach stimmt«, hörte er Chrissi sagen, »das habe ich total vergessen, dir zu sagen: In meiner Schreibtischschublade liegen drei Tütchen Zauberpulver und ein Beutel Mini-Gummibärchen. Legst du das bitte alles auf Luis' Tisch?« Noch während Chrissi spricht, folgt Sebastian den Anweisungen seiner Frau. »Und dann?« »Wenn Luis wieder zu Hause ist, mischt ihr die drei Pulver zusammen, bestreut damit die Tüte mit den Mini-Gummibärchen und über Nacht verwandelt sie sich in eine Tüte mit normalgroßen Gummibärchen«, erklärt Chrissi. »Wo nimmst du nur immer die Ideen her?«, fragt Sebastian bewundernd.

Nachdem der Wichtelstreich vorbereitet ist, taucht er am Computer in seinen weihnachtsfreien Arbeitsalltag ab. Für einen seiner Kunden soll er eine Benutzeroberfläche erstellen. Gewünscht ist »spacig«. Eine merkwürdige Wahl für eine Krankenkasse, aber bitte schön, der Kunde ist König, denkt er. Er sinniert über »spacige« Farben, da reißt ihn ein schrilles Geräusch aus seinen Gedanken. Es klingelt.

4

Als Chrissi gestern vom Büro nach Hause kam, deutete Sebastian nach dem Begrüßungskuss auf einen Stapel Kartons und sagte: »Die Blaumeise hat wieder Pakete gebracht.« Just in dem Moment kam Luis um die Ecke geschossen, um ihr aufgeregt von seinem Zauberpulver-Abenteuer zu erzählen. Chrissi war heilfroh, dass der Kleine nicht mitbekommen hat, dass sein Vater der Paketbotin den Spitznamen »Blaumeise« verpasst hat. Das gehörte sich ihrer Meinung nach nicht, und Luis sollte sich daran kein Beispiel nehmen. Da sie gestern keine Gelegenheit hatte, das Thema anzusprechen, ist jetzt ein guter Zeitpunkt. Nachdem sie den Wecker ausgeschaltet hat, knäuelt sie sich das Kopfkissen in den Rücken und setzt sich aufrecht ins Bett. »Basti, ich finde es nicht gut, dass du die Paketbotin

Blaumeise nennst.« Sebastian streckt sich und dreht sich zu ihr um. »Ach komm schon, das ist doch nicht böse gemeint, du weißt doch, dass ich jedem einen Spitznamen gebe«, murmelt er noch schlaftrunken. »Es ist respektlos. Nur weil sie blaue Haare hat ...« »Es ist eigentlich türkis«, korrigiert er sie. »Und es sind nicht nur die Haare.« Er wird munterer und stützt sich auf dem Ellenbogen ab. »Sie ist so klein und hat so niedliche Knopfaugen wie ein Vögelchen und pfeift immerzu«, rechtfertigt Sebastian sich. Er macht zwitschernde Geräusche und pikst Chrissi mit dem Finger in die Flanke. Er weiß genau, dass sie kitzlig ist. Sie versucht, nicht zu lachen. »Basti, du bist doof. Irgendwann sagst du mal was richtig Blödes und Luis bekommt das mit«, stellt sie fest, bevor sie Sebastian grinsend ihr Kissen ins Gesicht wirft und sich aus dem Bett schwingt.

Luis ist stolz auf seine Weihnachtskarte, die er für Milo gemalt hat: Ein Stegosaurus mit einer Weihnachtsmannmütze auf dem Kopf. Zusammen mit Mama verpackt er den Dino, damit sie ihn dann in einem Geschäft abgeben können, das bei der Weihnachtsaktion mitmacht. »Mama, da wo wir die Wunschkarte von Milo geholt haben, da waren aber noch ganz schön viele andere Karten«, sagt Luis. »Ja, es sind zusammen um die 5.000«, erklärt Chrissi. Luis sieht seine Mama mit großen Augen an: »So viele?« »Halt mal deinen Finger da drauf«, fordert Chrissi Luis auf. Er fixiert das überlappende Geschenkpapier, während Mama den Klebestreifen aufdrückt. »Warum bringt denn der Weihnachtsmann diesen vielen Kindern keine Geschenke?«, fragt er.

Mama braucht einen Moment, bis sie antwortet. »Naja, guck mal, es sind ja so viele Kinder, denen der Weihnachtsmann Geschenke bringen muss. Das schafft er alleine ja gar nicht. Und da braucht er manchmal Hilfe.« Luis wird augenblicklich einiges klar. »Na logo, deshalb kommt zu manchen Kindern das Christkind. Das hilft dem Weihnachtsmann auch«, sagt er und freut sich darüber, ein großes Geheimnis gelüftet zu haben.

Sebastian schüttelt den Kopf. Da hat Luis eine logische Frage nach dem Weihnachtsmann gestellt und Chrissi erzählt ihm ein Märchen. »Unser Junge ist blitzgescheit. Warum hast du ihm nicht einfach die Wahrheit gesagt?«, fragt er Chrissi, nachdem sie ihm am Abend stolz von ihrer Antwort auf Luis' knifflige Frage berichtet hat. »Lass ihm doch den Weihnachtsmann. Er ist doch erst fünf.« »Ich würde eher sagen, er ist schon fünf. Wahrscheinlich wissen die anderen Kinder längst Bescheid«, mutmaßt Sebastian. »Ist doch egal, was andere denken. Luis glaubt an ihn und das ist vollkommen in Ordnung!« »Aber allein seine, wie ich finde, sehr kluge Frage zeigt doch, dass er da über Ungereimtheiten stolpert. Und du tischst ihm nach wie vor eine Lüge auf«, erwidert Sebastian. »Was hätte ich denn nach deiner Ansicht sagen sollen?« »Wie wär's damit: Es gibt keinen Weihnachtsmann!« Sie schrecken auf, als sie das patschende Geräusch nackter, davonlaufender Kinderfüße auf dem Boden hören. Die Tür zu Luis' Zimmer schlägt zu. Es klingelt.

5

Lea hat gestern Abend zum denkbar ungünstigsten Zeitpunkt angerufen. Chrissi beendete den Anruf schnell mit dem Versprechen eines Rückrufs, dann sind sie und Sebastian in Luis' Zimmer geeilt, in der Hoffnung, den angerichteten Schaden begrenzen zu können. Wie viel hatte er tatsächlich mitbekommen? Doch Luis schwieg beharrlich. Für ein Telefonat mit ihrer Tochter fehlte Chrissi danach die Energie. Mit einer Kurznachricht ließ sie Lea wissen, dass alle gesund waren und sie sich morgen melden würde.

»Du bist also sicher, dass Luis wegen seines defekten Nachtlichts ins Wohnzimmer gekommen ist und nicht etwa, weil ihr euch lautstark gezofft habt?«, forscht Lea nach. »Studierst du jetzt Jura statt Biologie?«, kontert Chrissi und seufzt. »Wie auch immer, er hat also mitbekommen, dass es keinen Weihnachtsmann gibt?«, fasst Lea das Desaster zusammen. »Wir wissen es nicht genau. Er weicht unseren Fragen aus und wir trauen uns nicht, konkret zu werden, um es nicht noch schlimmer zu machen. Schöner Mist. Ich habe das Gefühl, unser perfektes Weihnachtsfest steht auf der Kippe.« Lea mag Sebastian, ihren Stiefvater und Luis' leiblichen Vater, zwar gerne, aber die Weihnachtszeit ist heikel. Da treffen im Hause Brückner zwei Welten aufeinander. Als würde man versuchen, die Filme »Der kleine Lord« und »Die Hard - Stirb langsam« parallel auf einem Bildschirm zu schauen. Leas Vater Maurice ist da ganz anders. Weihnachten ist genau sein Ding. Als er und Mama noch ein Paar waren, knieten sie sich zusammen in die Dekoration des Hauses rein: Während Mama es systematisch anging, kam Papa mit überbordendem Pomp dazu. Klar, gab es da auch Kompetenzstreitigkeiten. Aber spätestens am 24. Dezember strahlten beide mit dem Endergebnis um die Wette. Die Trennung ihrer Eltern ging freundschaftlich vonstatten und ihr Vater ist ein stets willkommenes Mitglied der Patchwork-Familie , denkt Lea lächelnd und kommt auf den eigentlichen Grund ihres Anrufs zu sprechen. »Wir bekommen das Weihnachtsfest schon gewuppt, Mama, denn ich bringe Verstärkung mit, wenn ich nächste Woche zu euch komme.« Sie kann in Göttingen über die Telefonverbindung hinweg spüren, wie sich ihre Mutter in Frankfurt aufrecht hinsetzt. »Ach? Erzähl!« »Ich habe an der Uni jemanden bei einer Klimaschutzaktion kennengelernt und wir sind jetzt seit einigen Wochen zusammen«, berichtet Lea. »Bei einer Klimaschutzaktion? Das ist aber nicht ungefährlich«, sagt Chrissi beunruhigt. »Mir geht's gut, es war eine friedliche Kundgebung zum Thema Kohleausstieg. Und Leander redet nicht nur über Klimaschutz, sondern verzichtet zum Beispiel auf ein Auto und lebt schon seit längerem vegan. Ich bin auch Veganerin geworden«, setzt Lea nach. »Lea und Leander?«, kommt es durch ihren In-Ear-Kopfhörer. »Ja, das fanden wir auch witzig. Aber du musst dir keine Gedanken um unser Essen machen, wir besorgen uns schon was. Ich weiß ja, wie viel Stress du immer mit den Weihnachtsvorbereitungen hast«, lenkt Lea ein. »Ach, das bekommen wir schon zusammen hin. Wir freuen uns auf euch beide«, antwortet Chrissi. Das ging irgendwie zu glatt, findet Lea. Keine Rückfragen, keine Belehrungen über Mangelernährung? Keine ironische Spitzfindigkeit? Das schlechte Gewissen, dass Luis nun womöglich wegen ihnen den Glauben an den Weihnachtsmann verloren hat, nimmt sie wohl ganz schön mit, denkt Lea besorgt. »Wir freuen uns auch. Ich melde mich dann noch mal, wenn wir losfahren, okay?!«, sagt sie und hört ihre Mutter sagen: »Ja, mach das. Nehmt ihr den Zug oder das Lastenfahrrad?« Lea zieht beruhigt den linken Mundwinkel nach oben.

Nachdem Chrissi aufgelegt hat, fängt es in ihrem Kopf an zu arbeiten. Also gut, ein Klimaschützer. Sie denkt an ihren fünfjährigen Luis und die besorgniserregenden Prognosen, was die Erderwärmung angeht. Und an Lea, die möglicherweise auch einmal Kinder möchte. Es stimmt schon: Allein vom Sorgen um die Zukunft machen verändert sich nichts. Sie greift nach der immer noch wachsenden und bereits leicht zerfledderten To-Do-Liste, um sie um »vegane Rezepte raussuchen« zu ergänzen. Es klingelt.

Nachdem Chrissi gestern das Telefonat mit Lea beendet und wegen ihrer immer länger werdenden To-Do-Liste kurz Schnappatmung bekommen hatte, kam wieder eine Paketlieferung. Sebastian war zur Tür gegangen – und dann verschwunden. Sie rief nach ihm und als sie nachsehen wollte, ob er draußen war, kam er ihr mit mehreren Paketen auf dem Arm entgegen. Hinter ihm auf der Straße sah Chrissi noch den Lieferwagen wegfahren, die blauhaarige Frau am Steuer winkte ihr. Eigentlich wollte sie Sebastian noch fragen, warum er der Paketbotin plötzlich bei ihrem Job assistierte, doch dann sah sie den Absender auf dem obersten Paket und der Gedanke löste sich in Luft auf. Endlich! Da war der lang ersehnte Mistelzweig aus Kunstseide!

Luis ist am heutigen Nikolaustag ganz früh aufgestanden, um nach seinen Schuhen zu schauen. Gestern sollte er sich ein Paar heraussuchen, um sie dem Nikolaus zum Befüllen vor die Tür zu stellen. Die Schuhe sollte er ordentlich putzen, hat Mama gesagt. Vor dem Schlafengehen hatte er die glänzenden Gummistiefel vor die Haustür gestellt. Insgeheim wollte er aber von seinem Fenster aus zusehen, wie der Nikolaus seine Runde in der Nachbarschaft drehte und tolle Sachen in die Schuhe steckte. Aber als alles still und dunkel war, war ihm nicht mehr danach. Ihm ging wieder das Bild im Kopf herum, wie ernst Mama und Papa sich gestritten hatten. Das hatte ihm erst Angst und dann Bauchweh gemacht. Er war schnell wieder in sein Zimmer gerannt, ins Bett gesprungen und hatte sich die Decke bis zu den Ohren hochgezogen. Mama und Papa wollten mit ihm reden, aber sein Bauch fühlte sich viel zu mulmig dafür an. Als er am Nikolausmorgen unsicher die Haustür öffnet, ist genau dieses Bauchweh wieder da. Luis schaut nach seinen Stiefeln. Die sind richtig gut vollgestopft. Weil es draußen kalt ist, holt Luis die Schuhe in den Flur, um sie zu inspizieren. Er findet Süßes, Mandarinen, Nüsse und eine Tonie-Figur von Feuerwehrmann Sam – einem seiner Lieblingsserienhelden. Luis ist erleichtert. Wenigstens ist mit dem Nikolaus alles in Ordnung.

Luis kommt mit einer Handvoll Plastikchips in die Küche. Chrissi ist noch dabei, die Spülmaschine auszuräumen, als sie ihn bemerkt. Er kommt ihr ungewöhnlich still vor. »Na, waren die in deinem Adventskalender?«, fragt sie ihn. Er nickt. »Weißt du, wofür die sind?« »Für das Karussell am Goetheturm«, antwortet er viel zu tonlos für einen Jungen, der vom Karussellfahren eigentlich nicht genug bekommen kann. Unser dummer Streit vermiest ihm noch den ganzen Spaß, meldet sich Chrissis schlechtes Gewissen. Mit einer Extraportion Fröhlichkeit versucht sie ihren Sohn aufzuheitern: »Na, dann nichts wie hin. Es gibt auch Zuckerwatte!« Luis geht zögerlich in den Flur, wo die Straßenschuhe stehen. »Mama, es regnet«, hört sie ihn enttäuscht rufen. »Das nieselt doch nur. Zieh deine Gummistiefel an und los geht's«, gibt Chrissi zurück und schließt die Klappe der Spülmaschine. »Ach, Menno, die habe ich doch gerade frisch geputzt«, kommt es altklug aus dem Flur. Oha, das klingt aber ganz nach mir, schießt es Chrissi durch den Kopf, und sie muss lachen.

Der stimmungsvolle, mitten im Wald aufgebaute Weihnachtsmarkt am Goetheturm ist an diesem Nachmittag trotz des Regens schon recht gut besucht. Abends und bei besserem Wetter sieht das rund um das Frankfurter Wahrzeichen noch einmal ganz anders aus. Einige Kinder aus Luis' Kita sind ebenfalls dort. Während sich die Eltern an einem Glühweinstand beim Karussell unterstellen, dreht der Nachwuchs seine Runden. Ria, die Mutter von Luis' Kindergartenfreund Elias, steht gedankenverloren ein wenig abseits. Chrissi vermutet, dass ihr die laufende Scheidung gerade in der Weihnachtszeit besonders zusetzt. Zur Aufmunterung holt sie Ria einen Glühwein. »Hier, für dich«, sagt Chrissi. Die beiden Frauen prosten sich zu und Ria lächelt tapfer. Als Luis und Elias auf ihre Mütter zugelaufen kommen, setzen die beiden ihre Alles-ist-gut-Gesichter auf. Es klingelt.

7

Gerade noch rechtzeitig, bevor die Mailbox ansprang, hat Chrissi gestern auf dem Weihnachtsmarkt ihr bimmelndes Mobiltelefon aus der Handtasche fischen können. Sebastian war dran, der ihr sagte, dass es später werden würde. Er war noch bei einem Kunden, für den er eine Homepage erstellte. Als Chrissi aufgelegt hatte, spukte Rias gerade zerbrechende Ehe in ihrem Kopf herum. Klar muss Sebastian als Webdesigner auch zu Kunden und da kann es auch später werden. Kann aber auch gelogen sein. Und was war das da neulich mit der Paketbotin? Er war eine ganze Weile bei ihr draußen und hat dann noch die Pakete reingetragen. Was läuft da zwischen den beiden?, fragte sie sich.

Sebastian reicht seiner Frau den künstlichen Mistelzweig an. Chrissi steht vor der Eingangstür auf der Leiter und pinnt das täuschend echt aussehende Grünzeug an der Decke fest.

»Ist das hoch genug?«, fragt sie Sebastian. »Also, die Dinger wachsen auf Bäumen, da geht noch was«, gibt er zurück. »Ich meine, ob es hoch genug ist, dass die Tür nicht anstößt, wenn man sie aufmacht«, will sie wissen. »Geht die nicht nach außen auf?«, frotzelt Sebastian, den der Hafer zu stechen scheint. »Haha. Und hängt er tief genug, dass man ihn beim Reinkommen auch sieht?« »Ja, das Weihnachtskomitee und die Lokalpresse können sich auf den Weg machen. Du wirst allerdings mit der Frage rechnen müssen, warum du keinen echten Mistelzweig genommen hast.« »Misteln sind saugiftig«, erklärt sie, während sie von der Leiter steigt und – natürlich – die Hängehöhe selbst in Augenschein nimmt. »Und ohne Mistelzweig geht nicht, weil wir noch nicht genug Weihnachtsdeko haben?«, will er wissen. »Der Mistelzweig nimmt im Eingangsbereich das klassische Element des Adventskranzes an der Tür auf, bevor später die modernen Elemente aus Glas und Silber hinzukommen, die aber immer wieder durch Traditionelles wie Tannenzapfen und Zweige ergänzt werden.« »Raketenwissenschaft ist einfacher«, schlussfolgert Sebastian. Insgeheim muss er allerdings zugeben, dass seine Frau ein gutes Gespür für Arrangements hat. Als er gestern spät nach Hause kam, hat er das geschmückte Haus schon von Weitem wahrgenommen. Von allen weihnachtlich herausgeputzten Häusern ist es tatsächlich das schönste. »Lass uns doch mal ausprobieren, ob der Mistelzweig auch funktioniert«, sagt er grinsend und schlingt die Arme um ihre Taille. »Warum sollte er nicht funktionieren?«, gibt sie lachend zurück und spitzt die Lippen. Es klingelt.

Gestern stand Ria vor der Tür und wollte wissen, ob sie Elias morgen zum Spielen vorbeibringen könne. Chrissi hatte nichts dagegen. So konnten die beiden Jungs miteinander spielen und sie sich in aller Ruhe den Vorbereitungen für das anstehende Plätzchenbacken widmen.

Luis leert eine große Kiste mit Legosteinen auf dem Fußboden aus, damit Elias und er eine Burg bauen können. Letztens hat Elias ihm erzählt, dass sich seine Eltern immerzu streiten. »Haben sich deine Eltern wieder vertragen?«, fragt Luis. »Nein, mein Papa wohnt nicht mehr bei uns«, sagt Elias, während er die bunten Plastiksteine ineinandersteckt. »Wo wohnt er denn jetzt?«, fragt Luis entsetzt und hört auf, zu bauen. Elias zuckt mit den Schultern. »Der hat jetzt eine eigene Wohnung, da hab ich auch ein Zimmer und kann ihn besuchen.« »Meine Eltern haben auch gestritten«, flüstert

Luis. Elias hebt den Kopf. »Echt? Vielleicht kann dein Papa ja dann zu meinem Papa ziehen?«, schlägt Elias vor. »Meinst du, mein Papa wird auch weggehen?«, fragt Luis nach. Elias zuckt wieder mit den Schultern. »Mhm, weiß ich nicht, kann schon sein«, sagt Elias. Luis spürt dieses mulmige Gefühl im Bauch jetzt ganz stark. »Mein Papa hat zu meiner Mama gesagt, dass es keinen Weihnachtsmann gibt«, erzählt Luis seinem Freund. »Das behaupten Erwachsene manchmal, aber es stimmt nicht«, sagt Elias ungerührt und fährt fort: »Zu Erwachsenen kommt er nur nicht mehr. Zu Kindern schon.« »Ja, ich weiß. Es ist aber ganz schön gemein, dass er so was zu Mama sagt. Wo sie Weihnachten doch so mag. Und es ist ja auch nicht wahr. Jetzt ist Mama bestimmt böse auf ihn, weil er sie angelogen hat«, schlussfolgert Luis. Elias nickt und schweigend fügen die beiden Jungen ein Teilchen ins andere, bis ihr Turm fast fertig ist. Plötzlich reißt sie ein schrilles Geräusch aus ihrer Bautätigkeit. Es klingelt.

9

Eine Gruppe Kinder vom ansässigen Fußballverein klingelte gestern an der Tür und sammelte Spenden. Chrissi gab Luis und Elias einige Münzen, die sie in die Sparbüchse stecken durften. »Hey, ihr könnt ja mal zu uns zu einem Probetraining kommen«, schlug einer der Nachwuchskicker vor. Luis wurde ganz zappelig und sagte: »Oh ja! Mama, darf ich da bitte mitspielen?« »Ja, darfst du, aber bitte erst nach Weihnachten«, bettelte Chrissi zurück. »Versprochen?« »Versprochen!«, antwortete Chrissi, die in Gedanken schon wieder beim nächsten Schritt der Weihnachtsvorbereitungen war.

Chrissi bindet sich die Kochschürze um und zwirbelt ihre schulterlangen kastanienbraunen Haare zu einem Dutt zusammen. Luis sortiert die Ausstechförmchen. In der Küche stapeln sich Schüsseln, Backpapier, Bleche und Löffel sowie jede Menge Backzutaten. Aus dem Bluetooth-Lautsprecher dudelt eine Playlist mit Weihnachtsliedern für Kinder und auf dem Tablet leuchten drei verschiedene Plätzchenrezepte – eine Sorte davon vegan. »Mit welchen wollen wir anfangen?«, fragt Chrissi. »Ausstechplätzchen!«, ruft Luis und hält eine Dinosaurier-Ausstechform hoch.

Luis freut sich, dass endlich seine neuen Keksstecher zum Einsatz kommen werden. Bagger, Lastwagen und das Paw-Patrol-Set mit Pfote, Knochen und Dienstmarke liegen bereit, aber erst muss der Teig zusammengeknetet werden. Als alle Zutaten vermengt sind, kann es aber immer noch nicht losgehen. Jetzt soll der Teig auch noch eine halbe Stunde im Kühlschrank ruhen. »Och Menno!«, mault Luis und versucht sich zu erinnern, ob das vergangenes Mal auch so war. Mama schlägt vor, den Teig für die veganen Zimtsterne vorzubereiten. »Wenn wir damit fertig sind, hat der Teig bestimmt genug geruht«, sagt sie und hat schon eine frische Schüssel in der Hand. Sie stellt die Zutaten zusammen, die Luis verrühren darf. Dass da weder Butter noch Eier im Teig sind, interessiert ihn nicht. Hauptsache, es ist Zucker drin und er darf den Löffel ablecken. Der Teig wird auch direkt ausgerollt, Luis hält die Sternform schon bereit. »Oh, Spatz, das habe ich überlesen: Der Teig muss jetzt erst einmal vier Stunden ruhen.« »Oh neeee!«, ruft Luis und wirft das Förmchen entnervt zurück auf den Tisch. Bleiben noch die Vanillekipferl. Doch auch dieser Teig benötigt Ruhezeit. Was stimmt denn mit dem Teig nicht, dass der sich immerzu ausruhen muss?, fragt sich Luis. Davon wird in dem Lied »In der Weihnachtsbäckerei« nichts gesungen, stellt er fest.

Endlich hat der Teig im Kühlschrank ausgeschlafen. Luis will die Teigkugel mit dem Nudelholz plattwalzen, doch der Klumpen will einfach nicht größer und flacher werden, sondern klebt überall fest und bekommt Risse. »Komm, zusammen schaffen wir das«, sagt Mama und Luis staunt, wie stark sie ist, als der Teig endlich macht, was er soll. Er schnappt sich seine neuen Ausstechförmchen und ist überglücklich, als sich die Backbleche mit Baggern und Hundepfoten, aber auch mit klassischen Sternen und Herzen füllen. Noch Teigreste naschend sieht er durch das Backofenfenster zu, wie die Plätzchen eine hellbraune Farbe annehmen und ganz köstlich duften. So macht das Backen Spaß!

Chrissi seufzt. Die Küche gleicht einem Schlachtfeld, und dabei sind die Plätzchen noch nicht einmal verziert. Alles ist voller Mehl und Teigkleckse. Es gibt kaum einen Griff, Schalter und Drehregler, der nicht klebt. »Wow, ist hier ein Tornado durchgezogen?«, fragt Sebastian, der in die Küche gekommen ist und nach einem noch heißen Plätzchen greift. »Da sind doch noch gar keine Streusel drauf«, protestiert Luis. »Wollen wir die draufmachen?«, fragt Sebastian. Chrissi staunt. »Hast du Zeit? Bist du schon fertig mit der Arbeit?«, fragt sie. »Ja, das Türkis von Klara war echt inspirierend für den ›spacigen‹ Look, den die Krankenkasse haben wollte.« »Klara?« »Ja, die Blau ..., äh, die blauhaarige Paketbotin. Sie heißt Klara«, erklärt Sebastian und wirkt plötzlich ganz hibbelig. Chrissi legt fragend den Kopf schief. Es klingelt.

10

Als Frau Parker gestern Sebastians geflickten Anzug vorbeigebracht hat, ist Chrissi erleichtert. Ein echter Glücksfall, dass eine ebenso begnadete wie leidenschaftliche Näherin direkt nebenan wohnt. Das Annähen einer eingerissenen Jacketttasche muss sie regelrecht unterfordert haben.

Mit einem Klicken lässt Chrissi ihre Halskette zuschnappen, als Sebastian sich in seinem einzigen Anzug vor ihr aufbaut. »Muss ich wirklich einen Anzug tragen?«, jammert er. Luis hätte nicht besser quengeln können. »Macht auf jeden Fall was her«, antwortet sie, während sie im Spiegel den Sitz ihrer Ohrringe überprüft. Ihre Blicke treffen sich im Spiegel und Sebastian zwinkert seiner Frau zu, woraufhin sie seinem Spiegelbild einen Luftkuss über die Fingerspitzen zupustet. Chrissi weiß genau, wie sehr Sebastian die lästigen, steifen

Weihnachtsfeiern verabscheut. Am meisten den Smalltalk mit Menschen, mit denen man sich nichts zu sagen hat und denen es nicht anders geht. Ihr ist Sebastians dramatisches Husten nicht entgangen. »Glaub ja nicht, dass du dich dieses Jahr wieder drücken kannst und ich die einzige bin, die ohne Anhang da auftaucht«, gibt sie ihrem Mann zu verstehen, während sie Parfüm aufträgt. »Ich habe mich vergangenes Jahr nicht gedrückt - wir hatten keinen Babysitter!«, gibt er zurück und hustet wieder. Ihre Mutter Barbara hat schon lange bevor die Einladungen zu den Weihnachtsfeiern kamen, angeboten, dass Luis jederzeit bei ihr übernachten könne. Letztes Jahr ging es nicht, aber diesmal freut sie sich schon sehr darauf, den Kleinen bei sich zu haben. Seine Gesellschaft tut ihr gut. Allerdings kann Chrissi ihren Mann auch verstehen. Das Betriebsklima in dem Architekturbüro, für das sie seit gut zehn Jahren arbeitet, ist frostiger geworden, als sie vor sechs Jahren als Spätgebärende schwanger geworden war. Die einzige Ausnahme ist Zahai. Ironischerweise eine Kollegin, mit der sie anfangs ihre Probleme hatte. Die gebürtige Äthiopierin weigert sich nämlich, Hochdeutsch zu sprechen und babbelt unbekümmert feinstes Frankfurterisch. Chrissi fand das damals unangebracht - schließlich repräsentiert sie bei Kundenkontakt ein renommiertes Architekturbüro. Aber als Zahai von Chrissis später Schwangerschaft erfuhr, klatschte sie nur in die Hände und rief: »Ei wie schee, da krieht ihr nochema e goldisch Bobbelsche!« Von dem Tag an sah Chrissi Zahai mit anderen Augen und aus gemeinsam verbrachten Mittagspausen wurde eine enge Freundschaft.

Ungelenk hält sich Sebastian an seinem Sektglas fest. Er fühlt sich deplatziert. Jetzt läuft ihm auch noch die Nase. Der Firmenchef nuschelt eine viel zu lange Ansprache voller Eigenlob. Die im Hintergrund auf Leinwand projizierte Präsentation, die einen Jahresrückblick mit erfolgreich abgeschlossenen, im Bau befindlichen und frisch an Land gezogenen Projekten zeigt, ist bemerkenswert einfallslos zusammengestellt. Sebastians Webdesigner-Herz knotet sich bei dem nüchternen Layout zusammen. Er hofft, dass er bald aus diesem kahlen Multifunktionsraum rauskommt, in dem selbst der geschmückte Tannenbaum - die einzige Weihnachtsdekoration hier - depressiv wirkt. Schlagartig wird ihm bewusst, wie gemütlich da doch das von Chrissi bis ins Detail durchdachte weihnachtliche Zuhause ist. Wie gerne wäre er jetzt dort. Das Essen ist zugegebenermaßen köstlich, aber genießen kann Sebastian es nicht. Er schwitzt und friert gleichzeitig und ist heilfroh, als es endlich wieder nach Hause geht. Noch im Anzug streckt er die inzwischen schmerzenden Knochen auf der Couch aus. »Alless okee?«, hört er Chrissi fragen. Lallt sie oder höre ich verschwommen?, denkt er, da fallen ihm auch schon die Augen zu. Es klingelt.

11

Barbara hantierte gestern, lange nachdem sie Luis eine Gutenachtgeschichte vorgelesen hatte, noch in ihrer Wohnküche und sah durch das Fenster, wie ihre Tochter und ihr Schwiegersohn aus einem Taxi stiegen und wankend ins Haus gingen, wobei Chrissi Sebastian stützte. Besorgt war sie rüber gelaufen, um sich zu erkundigen, ob alles in Ordnung war. Chrissi ging es gut, sie war nur leicht angeschwipst, doch Sebastian hat sich offenbar eine Grippe eingefangen und Chrissi wollte ihn schnell ins Bett bringen.

Barbara stellt die Kaffeekanne auf dem wärmenden Stövchen ab, nachdem sie ihrer Tochter und sich eine Tasse des belebenden Getränks eingeschenkt hat. Während Chrissi nur ein klein wenig verkatert ist, kuriert Sebastian zu Hause einen Infekt mit Fieber, Husten und Kopfschmerzen aus. »Er hatte vorher schon über Husten und Halsweh geklagt, aber ich dachte, er simuliert, weil er sich vor der Weihnachtsfeier drücken wollte«, sagt Chrissi und greift nach einem Lebkuchen. Barbara kommt ohne Umschweife auf das zu sprechen, was ihr seit gestern auf der Seele liegt: »Christiane, Luis hat mir erzählt, dass Elias' Vater von zu Hause ausgezogen ist.« Chrissi nickt kauend. »Ja, seine Eltern trennen sich. Das muss schlimm sein für Elias.« »Luis wirkte darüber auch ganz betrübt. Er ist ein erstaunlich mitfühlender kleiner Junge«, betont Barbara. Chrissi lächelt zustimmend und wird dann ernst: »Wenn er doch nur nicht mitbekommen hätte, wie Sebastian gesagt hat, dass es keinen Weihnachtsmann gibt. Das muss Luis doch zutiefst erschüttert haben. Ich traue mich nicht, ihn direkt zu fragen, um am Ende nicht alles noch schlimmer zu machen.« »Weißt du, Christiane, irgendwann kommt die Zeit, da verabschieden sich die Kinder ganz von selbst von ihren magischen Begleitern wie dem Weihnachtsmann. Sie schicken sie weg, aber tragen deren Geist und wofür sie stehen weiter in ihren Herzen. Aber bis es so weit ist, lassen sie sich den Zauber von niemandem wegnehmen«, sagt Barbara und füllt die Tasse ihrer Tochter mit frischem heißem Kaffee. Chrissi nickt dankbar. »Du findest einfach immer die richtigen Worte.«

Chrissi schüttelt die Bettdecke auf, als sie Leas ehemaliges Zimmer für sie und ihren Freund herrichtet. Sie streicht die weiche Daunendecke glatt, als ihr einfällt, dass Veganer womöglich gar nicht unter den Entendaunen schlafen. Sie will kein Risiko eingehen – Weihnachten soll schließlich perfekt werden – und macht sich auf den Weg zum Dachboden, um flauschige Stoffdecken zu holen. Im schummrigen Dachbodenlicht sieht sie einen Sack in der Ecke stehen und zuckt zusammen. Der war doch vorher nicht da, oder? Als hätte ihn der Weihnachtsmann dort abgestellt, um sie daran zu erinnern, dass er am 24. Dezember persönlich kommt, um ihn sich über die Schulter zu werfen und damit von Haus zu Haus zu laufen. Vorsichtig nähert sie sich dem Objekt und erkennt, dass es der Sack mit den Kleidungsstücken ihres Vaters ist. Erleichtert lacht sie kurz auf. Dumme Nuss, du hast ihn selbst hier raufgebracht, weil du dich nach Weihnachten in aller Ruhe darum kümmern wolltest, schimpft sie in Gedanken mit sich selbst. Ihr Blick bleibt noch eine ganze Weile auf dem gefüllten und oben zugeknoteten Beutel hängen. »Ach Papa, Weihnachten ohne dich – wie soll das nur was werden?«, flüstert sie in die Stille. Dieses Weihnachten wird nicht wie sonst, so viel steht fest. Vieles verändert sich gerade. Dinge, die sich nicht planen lassen. Sie fragt sich, wann sie selbst aufgehört hat, an den Weihnachtsmann zu glauben. Sie erinnert sich nicht daran. Aber sie erinnert sich lebhaft an ein Weihnachten, an dem Papa als Weihnachtsmann verkleidet zur Bescherung kam und ihr Bruder Andreas laut ausrief: »Guckt mal, der Weihnachtsmann hat dieselben Schuhe wie Papa.« Das hatten ihre Eltern so ganz sicher auch nicht geplant. Und trotzdem war es ein schönes Weihnachtsfest gewesen – mit allem, was dazugehört. Optimistisch geht sie zu der Box mit den Stoffdecken. Okay, Weihnachten wird anders als sonst, das bedeutet aber nicht, dass es nicht doch noch perfekt wird. Mit den Decken über dem Arm macht sie sich auf den Weg nach unten.

Chrissi stemmt die Hände in die Hüften und schaut sich in Leas ehemaligem Zimmer um: Die Stoffdecken stecken in weihnachtlicher Winterbettwäsche. Tannengrün, Lichterkette und Sterne umrahmen das Fenster, eine mit Nelken bestückte Orange verströmt einen feinen fruchtig-würzigen Duft. Jetzt können die beiden kommen. Es klingelt.

12

Dass Lea und ihr Freund Leander gestern angekommen sind, hat Sebastian nicht mitbekommen. Er hat zu dem Zeitpunkt tief und fest geschlafen. Heute geht es ihm schon etwas besser, aber er fühlt sich noch immer fiebrig und schon wieder müde. Wie spät es wohl ist? Er kann es nicht einschätzen, denn die Rollläden sind unten. Ach egal, murmelt er vor sich hin und kippt zur Sicherheit noch einen kleinen Becher dieser Erkältungsmedizin runter, die zum größten Teil aus Alkohol und Eukalyptus besteht. Schon nickt er ein und findet sich plötzlich allerdings hinter dem Steuer eines Sportwagens wieder. Er rast durch eine Winterlandschaft. Die Lebkuchenreihenhäuser sind herausgeputzt mit Gummibärchen, Zuckerkringeln und Pfeffernüssen, in den Vorgärten wachsen rot-weiß geringelte Pfefferminzstangen und aus den Schornsteinen quillt

Zuckerwatte. Die Motorhaube seines Gefährts – das kann er durch die Frontscheibe erkennen – ist schwarz mit orange-gelben Flammen. Im Autoradio läuft »Last Christmas«. Sebastian dreht so lange an den Knöpfen, bis er »Highway to Hell« gefunden hat. Auf dem Beifahrersitz sitzt ein Männlein mit roter Zipfelmütze und Knollnase. »Na Lasse, was meinste: du und ich und die Osterinseln?« Lasse ist ein schweigsamer Typ. Die Landschaft verändert sich, nachdem sie die Lebkuchenhäuser hinter sich gelassen haben. Ausgedehnte Grasflächen tauchen auf, hier und da steht eine Palme. Am Horizont zeichnen sich schon die gigantischen Steinstatuen, die Moai, ab, als sich auf der Gegenfahrbahn etwas nähert. Sebastian drosselt die Geschwindigkeit. Er erkennt verästelte Geweihe und etwas leuchtend Rotes. Das helle Klingeln hunderter silberner Schellen ist zu vernehmen, als der Rentierschlitten näherkommt. Beide Vehikel stoppen auf gleicher Höhe. Sebastian lässt die Fensterscheibe in die Tür summen und der Weihnachtsmann beugt sich zu ihm runter. »Du hast ganz schön Mist gebaut. Mich gibt es sehr wohl, du Hornochse«, dröhnt der Weihnachtsmann und sein türkiser Bart wackelt auf und ab. »Alles gut, ich bekomme das wieder hin«, winkt Sebastian ab. »Ach ja? Sieht für mich so aus, als wolltest du auf die Osterinseln abhauen!« »Du kommst doch selbst gerade von dort«, kontert Sebastian. »Gut beobachtet, Adlerauge.« »Wohnst du nicht am Nordpol?« Der Weihnachtsmann lacht grölend und haut ihm in Frankfurterisch »Maanste isch frier mir da de Bobbes ab, du Labbeduddel?« um die Ohren. Dann fliegt er mit seinem auf Überschallgeschwindigkeit geschalteten Rentierschlitten davon.

Chrissi sitzt auf der Bettkante und streicht ihrem schlafenden Mann eine Haarsträhne von der heißen Stirn. Ihr fällt die Flasche Erkältungssaft auf dem Nachtschränkchen auf. Es ist die zweite, die auch schon wieder fast leer ist. Kein Wunder, dass er so fest schläft, denkt sich Chrissi. Sie muss ihn wohl geweckt haben, denn er blinzelt. »Lasse?«, krächzt er verwirrt. Mit einem Satz springt Chrissi vom Bett auf. »Oha, Lasse. Da war ja was!« Flüchtig tätschelt sie Sebastians Schulter und hechtet mit den Worten »Schlaf dich weiter gesund« aus dem Schlafzimmer. Vergangene Nacht hat Lasse eine Tüte mit Zaubersamen vor Luis' Bett gelegt, mit der Bitte, diese einzupflanzen. Noch bevor es in den Kindergarten ging, hatten sie gemeinsam einen Blumentopf mit Erde gefüllt und die Körner hineingestreut. Chrissi bleibt nun nicht mehr viel Zeit, eine Handvoll Lollies, die aus den Zaubersamen gewachsen waren, in die Erde zu stecken. Jeden Moment würden Lea und Leander mit ihm vom Kindergarten nach Hause kommen. Sie schafft eine Punktlandung: Der letzte Lutscher steckt gerade, da dreht sich auch schon der Schlüssel im Schloss. Das Trio stapft »Kling, Glöckchen, Klingelingeling« singend ins Haus. Luis kommt auf Chrissi zugestürmt und hält eine selbstgebastelte Rentiermaske in die Höhe. Lea drückt die Tür ins Schloss, ihre Hand liegt noch auf der Klinke. Es klingelt.

13

Lea schnaubte erst einmal, als sie gestern direkt wieder die Tür geöffnet hatte. Der unvermeidbare Paketlieferdienst hatte die Klingel betätigt. Das war ja klar. Mamas Bestell-Irrsinn. Dieser umweltschädliche Konsumterror! Wenn man schon unbedingt etwas kaufen musste, dann konnte man doch wenigstens das Haus dafür verlassen, dachte Lea. Doch die Paketbotin schien ganz schön cool zu sein. Gut gelaunt, eigener Stil – mit türkisfarbenen Haaren und Schuhen in derselben Farbe. Lea wechselte ein paar Worte mit ihr und interessierte sich brennend für ihre türkisen Sneaker. Sie waren secondhand – oder eher secondfoot – auf dem Flohmarkt erstanden. Auf einen Flohmarkt würde Lea tatsächlich auch gerne mal wieder gehen, sobald die wärmeren Monate kommen.

So wie Luis da gerade auf seinem Spielteppich sitzt, erinnert Lea das sehr an die Zeit, in der sie auf ihren kleinen Bruder – die Bezeichnung Halbbruder lehnt sie kategorisch ab – aufgepasst hat. Als er auf die Welt kam, war sie schon 15. Da lag es nah, dass sie hin und wieder als Babysitterin im Einsatz sein würde. Gestört hat sie das nie. Im Gegenteil. Oft hat sie sogar von sich aus angeboten, den kleinen Sonnenschein zu umsorgen. »Sollen wir ein Bild für Mama malen?«, fragt Lea ihn. »Was denn für eins?«, fragt Luis zurück, während er schon den dicken Malblock und eine stattliche Anzahl Wachsmalstifte herbeiholt. »Magst du malen, wie unser Heiligabend aussehen wird? Wie wir alle um den Weihnachtsbaum stehen?«, schlägt sie vor. Luis fängt unvermittelt an zu malen. Erst einen großen Weihnachtsbaum und einen rundlichen Weihnachtsmann, der Geschenke bringt. Dann Lea, sich selbst und Leander, Mama, Papa Sebastian, Papa Maurice, Oma Barbara und Onkel Andreas. Während Luis gerade Papa Maurice die schicke Hornbrille auf die Nase malt, fragt er: »Warst du sehr traurig, als dein Papa weggegangen ist?« »Es war schon ein komisches Gefühl«, antwortet Lea aufrichtig. »Aber er war ja nicht weit weg. Ich konnte immer zu ihm, wenn ich wollte. Kann ich immer noch. Und du auch, Luis. Du bist bei Maurice jederzeit willkommen. So wie er hier bei Mama und Papa Sebastian auch immer willkommen ist.« Bevor sie ihn fragen kann, warum er dieses Thema anspricht, hält Luis das fertige Bild vor sich: »Bringen wir das jetzt Mama?«

Luis rollt das Papier aus, deutet auf die einzelnen Figuren und erklärt seiner Mama, wer wer ist. »Und das sind wir

alle an Heiligabend«, sagt er abschließend. Chrissi ist gerade dabei, das Silberbesteck zu polieren, das alle Jahre wieder auf seinen großen und einzigen Einsatz beim Weihnachtsessen an den Weihnachtsfeiertagen wartet. »Oh, Spatz, ich fürchte, da ist einer zu viel auf deinem Bild«, sagt Chrissi. Sie schaut in Luis' entsetztes Gesicht, da kullern auch schon die ersten Tränchen. Bestürzt lässt Chrissi eine angelaufene Gabel fallen und nimmt ihren Sohn in den Arm. »Ach Schatz, ich wusste ja nicht, dass dich das so traurig machen würde. Nächstes Weihnachten ist er bestimmt wieder mit dabei, versprochen«, versucht Chrissi den Jungen zu trösten. Luis schaut sie mit verweintem Gesicht an. Ganz verwirrt fragt Lea: »Mama, wer ist an Weihnachten nicht mit dabei?«
»Na, Onkel Andreas. Er besucht einen alten Freund in Hamburg, dem es sehr schlecht geht«, antwortet Chrissi und schaut von Lea zu Luis und wieder zurück. »Habe ich das nicht erzählt?« Dann dämmert es ihr: »Oh nein, du dachtest, ich rede vom ...«, weiter kommt sie nicht. Es klingelt.

14

Chrissi hetzt in den Turnraum. Gestern, kurz bevor Maurice geklingelt hatte, um Lea und Leander zum Essengehen abzuholen, sind ihr zwei Dinge klar geworden: Erstens, dass Sebastian bei Luis tatsächlich Zweifel an der Existenz des Weihnachtsmanns gesät haben muss und zweitens, dass sie Weihnachtsspeck angesetzt hat, denn die Waage zeigt Werte an, die ihr nicht gefallen. Der Yogakurs soll ihr beim Kalorienverbrennen helfen und bringt vielleicht sogar Entspannung in ihren hektischen Alltag. Als sie sich auf allen Vieren in den »herabschauenden Hund« stemmt und den Hintern Richtung Decke reckt, beginnt ihr Kopf zu pochen. Verkrampft versucht sie, der Anweisung, die Schultern nicht hochzuziehen, zu folgen. Nach gefühlten endlosen Minuten erklingt die Stimme der Übungsleiterin: »Einatmen und das rechte Bein lang nach oben ausstrecken, mit der Ausatmung: Schritt nach vorne und den rechten Fuß zwischen die Hände setzen.« Was? Mit zitternden Armen hebt Chrissi vorsichtig das Bein hoch, versucht die Balance zu halten und beim Ausatmen ihr Bein irgendwie unter ihren Körper zu falten. Ihr nackter Fuß bremst auf der Matte und sie gerät in Schieflage. Verstohlen schaut sie zu den anderen Teilnehmern und hofft, dass sich noch ein paar so dämlich anstellen wie sie. Nein, die machen eher einen unterforderten Eindruck. Sie ist der einzige Wackeldackel mit roter Birne zwischen lauter Heldenhunden.

Unentspannter als vorher eilt Chrissi nach der Stunde nach Hause. In der Zeit hätte ich mindestens zwei Punkte auf meiner Liste abarbeiten können, flucht sie und kramt in ihrer Sporttasche nach ihrem Schlüssel. Jetzt nervt auch noch der verdrehte Tragegurt der Tasche. Hektisch zerrt sie daran, bis der Inhalt der Tasche auf den Gehsteig purzelt. Na toll! Jetzt muss ich schon wieder auf dem Boden rumkriechen, denkt sie und klaubt hastig ihre Sachen zusammen. Wie aus dem Nichts mischt plötzlich eine weiß behandschuhte Hand mit, die ihr beim Aufsammeln hilft. Die Hand schaut aus einem roten Ärmel mit weißem Besatz. Huch, ist das etwa ein ...? Chrissi blickt ihren Helfer irritiert an. Roter Mantel, weißer Bart, rote Mütze mit weißer Bommel. Statt dem klassischen Sack trägt er allerdings einen Turnbeutel-Rucksack mit Schottenkaros. Wie sich herausstellt, studiert der Weihnachtsmann Kunstgeschichte an der Goethe-Uni und bessert seinen Kontostand als Laiendarsteller auf. In Chrissis Kopf blinkt die Ideen-Glühbirne auf. »Haben Sie an Heiligabend noch Termine frei?«, fragt sie. Es klingelt.

15

Sebastian lässt das gestrige Telefongespräch mit Chrissi noch mal Revue passieren. Er wollte ihr mitteilen, dass das Schlimmste seines grippalen Infekts überstanden war und er sogar wieder Appetit hatte. Und ob sie nicht etwas essen gehen wollten. Als sie miteinander sprachen, war sie schon auf dem Heimweg von ihrer Yogastunde. Er hatte ja Zweifel daran, ob der Sportkurs so eine gute Idee war – da hatte sie ohnehin kaum eine freie Minute und jetzt sollten noch Yogatermine hinzukommen? Aber sie wirkte glücklich und freute sich über den Vorschlag, essen zu gehen. Also, dieses Yoga tat seiner Frau offensichtlich richtig gut.

Luis sitzt neben Lea auf dem Rücksitz und lässt die Seiten des Daumenkinos, das seine große Schwester für ihn gebastelt hat, über seine Fingerkuppe schnurren. Er lacht über das gezeichnete rotnasige Rentier, das Bocksprünge vollführt. Seine Schwester kann richtig toll malen, findet er. Papa steuert den Parkplatz des Weihnachtsbaumverkaufs an. Es ist jetzt der dritte Baumverkäufer. Die ersten beiden hatten keinen Weihnachtsbaum, der allen gefiel. Lea will ohnehin gerne einen mit Wurzel, den man nach Weihnachten einpflanzen kann. Das wollen Mama und Papa aber nicht. Sie wüssten nicht, wohin damit. Papa will eine Fichte, denn die riechen so gut, Mama findet Tannen schöner. Allerdings gab es bisher an jedem Baum etwas auszusetzen: Der eine war zu groß, der andere zu klein, der nächste war krumm und der übernächste hatte kahle Stellen. Genauso ist es auch beim dritten Verkaufsstand: Keiner ist gut genug für die Brückners. Luis ist überzeugt davon, dass es dieses Jahr keinen Weihnachtsbaum geben wird. Sie sind auf ihrer Tour inzwischen in Offenbach angekommen. »Die verbotene Stadt«, scherzt Papa und erklärt Luis, dass sich Frankfurt und Offenbach seit uralten Zeiten nicht mögen. »Schau mal, da vorne, da werden auch Weihnachtsbäume verkauft«, ruft Mama plötzlich. Eine halbe Stunde später liegt der perfekte Weihnachtsbaum aus Offenbach eingenetzt im Kofferraum des Kombis der Familie Brückner. »Jetzt fährt der Baum in die erlaubte Stadt«, fabuliert Luis und alle lachen. Es klingelt.

16

Chrissi ist froh, dass sie gestern tatsächlich den perfekten Weihnachtsbaum gefunden haben. Als sie mit der Nordmanntanne auf dem Heimweg waren, klingelte ihre Kollegin Zahai durch. Sie wollte sich erkundigen, wie es dem »goldisch Bobbelsche« ginge. Chrissi hatte sie in das Weihnachtsmann-Dilemma eingeweiht. In der voll besetzten Familienkutsche konnte Chrissi allerdings nicht frei mit ihr reden. Sie schlug Zahai vor, am nächsten Tag zum Kaffee vorbeizukommen. Dann könne sie sich selbst ein Bild von dem »goldisch Bobbelsche« machen. Und das »goldisch Bobbelsche« auf der Rückbank freute sich ein Loch in den Bauch und rief laut: »Hurra, die Zahai kommt!«

Mit einem eingepackten Geschenk in der einen und einer Flasche Eierpunsch in der anderen Hand steht Zahai in der Tür. Sie zwinkert verschmitzt und sagt: »Ei, isch dacht', mer mache heut mal e verfrühte Bescherung.« Dabei schüttelt sie die Likörflasche wie ein Barkeeper, der gerade einen Cocktail mixt. Als Luis an die Tür gerannt kommt, lässt sie die Flasche hinter dem Rücken verschwinden und ruft »Ei, mei goldisch Bobbelsche!« Das Geschenk in der Hand haltend drückt sie Luis an sich, während Chrissi die Gelegenheit nutzt, ihrer Kollegin die Flasche abzunehmen. Zahai richtet sich auf und gibt Luis das Geschenk. »Guggema, des ist fer disch. Es is ja noch e bissi früh, aber wennde magst, kannstes schon uffmache.« Das lässt sich Luis nicht zweimal sagen. Noch im Flur reißt er das Geschenkpapier runter und hält Chrissi die knallgelbe Schachtel eines Spiels unter die Nase. »Was steht da?«, fragt er. »Tierkacke Bingo«, liest Chrissi etwas pikiert vor und schaut Zahai fragend an, die gerade laut lachend ihren Wintermantel an die Garderobe hängt. Luis prustet los. »Du hast Kacke gesagt!« »Komm, des spiele mer jetzt ma, haste Lust?«, fragt Zahai und zieht ihren Weihnachtspullover gerade, auf dem ein betrunken wirkendes Rentier mit roter Bommelnase zu sehen ist. »Wenn es dich nicht gäbe, müsste man dich erfinden«, stellt Chrissi fest.

Ein gemischter Misthaufen als Mittelpunkt einer Kaffeetafel ist für Chrissi ein Novum. »Wusstet ihr, dass Wombats Würfel kacken?«, staunt Sebastian und wendet sich an die beiden Biologiestudenten am Tisch, Lea und Leander. »Ehrlich gesagt, nein. Aber wenn es in der Prüfung drankommen sollte, bin ich vorbereitet«, stellt Leander fest. Luis kringelt sich über die vielen verschiedenen Ausdrücke für tierische Häufchen wie Knödel, Fladen und Äpfel. Aber

Zahais Mundart fasziniert ihn noch mehr. »Bringst du mir Frankfurterisch bei?«, fragt Luis mit vom Rumalbern glühenden Wangen. »Ei klar. Bass uff und sprisch mer nach: Du musst dein Kaktus gieße, sonst verderrt er derr!« »Du musst dei Kack gieße, sonst dädädä«, bringt Luis tränenlachend raus und fordert: »Mama, jetzt du!« »Du musst deinen Kaktus gießen, sonst verdörrt er dir«, übersetzt Chrissi. »Nee, Mama, so werd des nix«, sagt Luis kopfschüttelnd.

Lea hat sich schon frühzeitig unter einem Vorwand von der Spielerunde verabschiedet. Nur Leander hat sie eingeweiht, für alle anderen soll es eine Überraschung sein. Leise schleicht sie auf den Dachboden, um den Sack mit Opa Heinz' Bekleidung zu holen. Sie verlässt das Haus heimlich über die Terrassentür in der Küche und trägt den Sack zum Nachbarhaus. Dabei schaut sie sich nach allen Seiten um und kommt sich vor wie eine Einbrecherin, die mit ihrer Beute auf dem Weg zu ihrer Räuberhöhle ist. Frau Parker schaut Heinz' Kleidungsstücke sorgfältig durch. »Ja, das geht«, sagt sie zu Lea. »Hi«, hört Lea eine Stimme hinter sich und fährt herum. »Oh, sorry, ich wollte dich nicht erschrecken«, sagt ein junger Mann mit amerikanischem Akzent. »Marcus?«, staunt Lea. Sie kann sich nicht erinnern, wann sie Frau Parkers Sohn zuletzt gesehen hat, seit er nach Amerika gegangen ist. Er ist ganz schön rund geworden. »Yeah, hi Lea. Ich bin über Weihnachten zu Besuch«, erklärt er. »Ich auch«, sagt Lea lachend und hat plötzlich eine Idee. »Sag mal, hast du an Heiligabend vielleicht ein paar Minuten Zeit?« Es klingelt.

17

Frau Parker hat gestern nur »Lea, das ist deine Mutter« geflüstert, nachdem sie gesehen hatte, wer da vor ihrer Tür stand. Dann machte sie scheuchende Bewegungen mit den Händen in Richtung Küche. Lea huschte dort hinein und Marcus verstaute die Kleidungsstücke wieder im Sack und versteckte diesen hinter dem Ohrensessel, während seine Mutter zur Tür ging und ihre Nachbarin begrüßte. »Entschuldigen Sie, dass ich so unangekündigt auftauche, ich habe gerade meine Kollegin zu ihrem Auto begleitet und da dachte ich, ich frage mal nach, ob Luis' Hirtenkostüm für das Krippenspiel zufällig schon fertig ist?«, hörte Lea ihre Mutter sagen. Lea konnte den Umhang aus ihrem Versteck heraus auf der Sofalehne liegen sehen. »Eine Kleinigkeit ist noch zu erledigen, morgen können Sie es abholen«, log Frau Parker. »Partners in crime«, kommentierte Marcus die Szene nachdem Chrissi wieder gegangen war.

Luis reibt sich den Schlaf aus den Augen, während er zur Toilette geht. Dann reibt er sie noch einmal. Da stehen lauter kleine Häuschen aus Klorollen mit spitzen Pappdächern im Bad verteilt. Zwischen einer Häuserreihe auf dem Spülkasten steckt ein Zettel, auf den ein Lebkuchenhaus gemalt ist. »Mama, guck mal, was Lasse ins Bad gestellt hat«, ruft Luis ganz aufgeregt. »Was ist denn das?«, staunt seine Mama. Er zeigt ihr Lasses Botschaft. »Sieht so aus, als würden wir heute nach dem Kindergarten ein Lebkuchenhaus bauen«, entschlüsselt sie das Rätsel. Als Mama ihn später vom Kindergarten abholt, ist er schon voller Vorfreude, gleich geht es los! Zu Hause macht Mama den Karton auf, in dem Lebkuchenplatten sind, ebenso ein Päckchen Puderzucker und ein beängstigend kleines Tütchen Gummibärchen. »Damit sollen wir das ganze Haus verzieren?« »Nein, ich habe noch ein paar Sachen gekauft«, sagt Mama und packt Lakritzschnecken, bunte Schokolinsen und Kekse aus einer Tasche auf den Küchentisch. Sogar fertige Zuckerwatte für den Schornstein ist dabei. »Muss der Teig wieder ruhen?«, will Luis wissen. Seine Mama lacht. »Nein, keine Angst. Schau, die Lebkuchenplatten sind schon fertig, wir müssen nur noch den Zuckerguss zum Zusammenkleben anrühren. Das geht ganz schnell.« Von wegen! Die Mixtur aus Puderzucker, Wasser und Zitronensaft ist so zäh, dass sie sich kaum verrühren, geschweige denn aus der Spritztüte drücken lässt. Mama tippt auf ihrem Tablet herum, ruft das

Zuckerguss-Rezept auf der Internetseite auf, kann aber keinen Fehler entdecken. »Dann fügen wir noch etwas warmes Wasser hinzu«, sagt sie fachmännisch. Das ist schon besser. »Jetzt drück mal die Wände so aneinander, bis sie von alleine halten«, sagt Mama. Aber immer, wenn Luis die Hauswände loslässt, rutscht die Konstruktion zusammen. »Mama, das hält nicht«, quengelt er ungeduldig. Mama gibt einen Löffel Puderzucker in die weiße Soße. Nun ist der Guss wieder zu fest. Sie rühren Wasser hinein, aber wieder wollen die Wände nicht halten. Sebastian kommt aus dem Arbeitszimmer in die Küche und steckt sich eine Lakritzschnecke in den Mund. »Na, Frau Architektin, wie geht das Neubauprojekt so voran?«, zieht er sie kauend auf. Als Antwort fliegt ihm der kleine Beutel Gummibärchen an den Kopf. »Aua! Da verschwinde ich lieber schnell«, sagt er und flüchtet sich extra auffällig duckend aus der Küche. Luis wird ernst. »Mama, wo will Papa hin?« »Ich hoffe auf den Mond«, murmelt Mama vor sich hin, während sie energisch im Zuckerguss herumrührt. Luis überlegt. »Da kann ich ihn doch gar nicht besuchen«, sagt er leise und sortiert die Schokolinsen nach Farben. Mama hält auf einmal inne und schaut ihn an, als wäre ihr gerade etwas eingefallen. Sie streicht ihm über die Wange: »Luis, wir machen nur Spaß. Papa geht nicht weg.« Papa muss das wohl gehört haben, denn er kommt in die Küche zurück und geht vor Luis in die Hocke. »Hey, Großer, ich kann gar nicht weggehen«, sagt er und patscht seine Hand auf den klebrigen Küchentisch. Dann richtet er sich wieder auf und zerrt wild an seinem Handgelenk, ohne dass sich die Hand von der Tischplatte bewegt. »Guck doch, ich klebe hier fest. Für immer!«, sagt er. Luis muss lachen. Er liebt es, wenn Papa albern ist. Mama macht mit und drückt ihre klebrige Hand auf Papas und Luis pappt sicherheitshalber lachend seine beiden Zuckergusshände obendrauf.

Das fertige Lebkuchenhaus ist ein Prachtstück geworden - mit Spekulatius als Dachschindeln, Bonbons als Dachfirst, Treppenstufen aus Löffelbiskuit, einem gepflasterten Weg aus Mini-Butterkeksen und jeder Menge süßer Wanddekorationen - auch wenn ein Teil davon schon direkt in den Bäuchen der stolzen Erbauer gelandet ist. Hinzu kommt eine enorme Menge an Eiszapfen und Schneewehen. Am Ende legt Chrissi erschöpft die Spritztüte weg: »Ich glaube, wir bekommen den Zuckerguss einfach nicht aufgebraucht.« Es klingelt.

18

Chrissi wunderte sich erst einmal nicht darüber, dass die Paketbotin gestern noch am späten Nachmittag geklingelt hat. In der Vorweihnachtszeit ist so etwas nicht ungewöhnlich, bei all der Menge an Paketen kann sich die Zustellung schon mal verschieben. Ungewöhnlich war allerdings, dass sie gar keine Pakete dabei hatte, sondern Sebastian sprechen wollte. Da dieser gerade ein Online-Meeting mit einem Kunden gestartet hatte, bot sie an, ihrem Mann etwas auszurichten. »Nicht nötig, ich komme morgen wieder«, zwitscherte die ewig gut gelaunte Frau. Was geht da nur vor sich?, dachte Chrissi grimmig.

Chrissi wickelt sich ihren Strickschal um. Diese Geheimniskrämerei zwischen Sebastian und der Paketbotin fuchst sie. Noch mehr würde es ihr allerdings gegen den Strich gehen, wenn Sebastian wüsste, dass sie sich darüber ärgert. Er würde sie nur damit aufziehen. Sie beschließt, ihm vom Besuch der »Blaumeise« erst jetzt, während sie sich für den Weihnachtsmarktbesuch fertigmachen, so beiläufig wie möglich zu erzählen – so, als hätte das Ganze für sie überhaupt keinen Stellenwert. Doch Sebastians Reaktion lässt ihre Ohren und Wangen glühen. »Oh gut, ich rufe sie mal eben kurz an«, sagt er und geht mit dem Telefon nach nebenan. Chrissi bleibt der Mund offenstehen. Sie hatten Nummern getauscht? Oder foppt er mich und will mich nur ärgern? Das ist ihm gelungen. Mit einem wütenden Ruck zieht sie sich ihre Mütze über die Ohren. »Klara lässt dich grüßen«, sagt Sebastian, als er nach dem tatsächlich kurzen Gespräch zurückkommt und Chrissi grinsend einen Kuss auf die zornesrote Wange drückt. Chrissis Gesichtsfarbe verrät sie jedes Mal, wenn sie sich aufregt oder sauer ist. Das macht sie nur noch wütender – und in diesem Fall Sebastians Grinsen nur noch breiter. Gut, dass sie jetzt alle an die frische Luft kommen. Lea, Leander, Luis und Oma Barbara warten schon draußen. Auf dem Frankfurter Weihnachtsmarkt sind sie an dem großen Weihnachtsbaum am Römer noch mit Maurice verabredet. Als sie in der Altstadt ankommen, setzt gerade die Dämmerung ein. Die Atmosphäre ist immer wieder schön. Die vielen Lichter und Düfte – Chrissi geht das Weihnachtsherz auf. Es ist voll auf dem Römer. Nachdem sie Maurice eingesammelt haben, lauschen sie dem Posaunenchor, der weihnachtliche Melodien von der Dachgalerie der Alten St. Nikolaikirche spielt. Das Nostalgie-Pferdchenkarussell hat derweil seine eigene Beschallung ausgeschaltet. Luis dreht trotzdem eine Runde. Zwischen Leander, Maurice und Sebastian ist eine Diskussion über E-Autos entstanden: Ob diese wirklich dem Klima helfen oder vielleicht doch nur der Autoindustrie? Oma Barbara singt die Weihnachtslieder mit und Chrissi versucht sich immer noch einen Reim darauf zu machen, um was es bei dem Telefonat zwischen Sebastian und der Paketbotin gegangen sein könnte. Es duftet so gut nach Maronen, gebrannten Mandeln und Gegrilltem, dass Chrissi sich nicht konzentrieren kann. Sie beschließt, sich später Gedanken zu machen und lieber das Treiben auf dem Weihnachtsmarkt zu genießen. Die Familie lässt sich in der Menschenmenge zum Roßmarkt schieben, weicht dabei geschickt Influencern aus, die Selfie-Sticks in die Höhe halten. »Ich will Zuckerwatte. Nein, doch lieber Bratwurst. Oder vielleicht Pizza?« Luis fällt die Wahl schwer. Vor den Ständen haben sich überall lange Schlangen gebildet. Maurice schließt zur Gruppe mit einer Tüte Maronen auf. Wie die Eichhörnchen knibbeln Maurice, Lea, Leander und Sebastian die Esskastanien aus ihren heißen Schalen, während Luis nicht kapiert, was an den trockenen Dingern so lecker sein soll. »Viel Veganes wird es hier nicht geben«, sagt Chrissi zu Lea und ihrem Freund. »Ach, Pommes gehen zur Not immer«, sagt Leander entspannt. Auf dem Roßmarkt drängt Luis die Gruppe zum Riesenrad, da fällt Chrissi ein Stand auf, der verwaist wirkt. Vor allen anderen Buden stehen Menschentrauben zusammen, nur vor dieser nicht. Chrissi schaut genauer hin. Ein Schild auf dem Wagen wirbt mit »vegan«. Es gibt frittierten

Blumenkohl. »Jackpot«, sagt Leander, »lecker und null Wartezeit.« »Da könnte ich auch direkt Veganer werden«, sagt Sebastian und Maurice setzt noch einen obendrauf: »Leute, was haltet ihr davon: Ich schmeiß ne Runde Blumenkohl!« Luis' Gesicht verrät, dass er von der Idee gar nichts hält, aber Chrissi versichert ihm, dass er sich aussuchen darf, was er essen möchte. »Für mich ist das auch erst die Vorspeise«, verrät ihm sein Vater augenzwinkernd. Es klingelt.

19

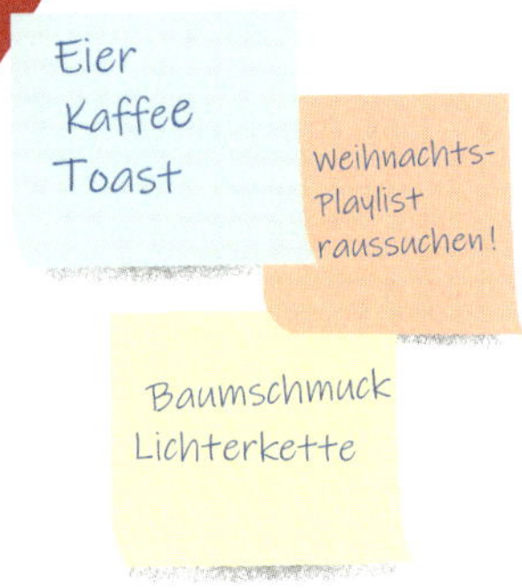

Chrissis Mobiltelefon hat gestern auf dem Weihnachtsmarkt keine Ruhe gegeben: Die Mitteilungen in der Whatsapp-Krippenspielgruppe überschlugen sich. Der Junge, der im Krippenspiel eigentlich Josef spielen sollte, hatte Scharlach. Keine Chance, dass er am 24. Dezember auf der Bühne stehen würde. Die Chat-Sprechblasen flogen hin und her: Wer kann kurzfristig einspringen? Luis sollte in dem Stück einen Hirten mimen und hatte nur einen einzigen Satz zu sprechen: »In einem offenen Stall!«. Den könnte auch ein anderer Hirte mit übernehmen, hat sich Chrissi überlegt. Wenn sie Luis überreden kann, die neue Rolle zu übernehmen, wäre er während des Heiligabend-Countdowns abgelenkt, dachte Chrissi. Beseelt von Würstchen, Zuckerwatte und Karussellfahren hatte ihr Sohn sogar spontan zugesagt.

Luis schaut die vielen ausgedruckten Seiten an und macht große Augen. »Das muss ich alles auswendig lernen?«, fragt er entsetzt. »Nein, das ist das ganze Stück. Aber du hast jetzt eine Hauptrolle. Es ist mehr Text, aber Oma hat gesagt, dass sie dir beim Auswendiglernen hilft. Das macht bestimmt auch Spaß«, verspricht Mama. Lea nimmt Mama die Seiten aus der Hand und greift sich einen Textmarker. »Ich streiche mal den Text von Josef an«, sagt sie und nimmt die Kappe von dem dicken grünen Stift. »Wie viel Mal Schlafen ist es noch bis Heiligabend?«, fragt Luis. »Fünfmal«, antwortet Mama und hält die Hand mit allen ausgestreckten Fingern hoch. Sein Kostüm muss nicht geändert werden, hat Mama gesagt. Der dunkelbraune Hirtenumhang, den Frau Parker ihm genäht hat, ist auch für den Josef geeignet. »In dem Text ist auch ein kleines Weihnachtsgedicht enthalten. Das ist ja praktisch«, freut sich Lea. Luis will wissen, wieso das praktisch ist und seine große Schwester fängt an, komisch rumzudrucksen. »Es kann ja sein, dass jemand zu Hause noch einmal ein Gedicht hören möchte«, wirft Mama ein. Lea dreht langsam den Kopf zu ihrer Mutter. »Ja, bestimmt möchte jemand bei uns zu Hause noch ein Gedicht hören«, sagt Lea gedehnt, während Mama sich zu Lea umdreht und die beiden sich auf einmal ganz komisch anschauen. Die Erwachsenen verhalten sich dieses Jahr zu Weihnachten besonders merkwürdig, findet Luis. Er hofft, dass es nicht noch mehr grüne Markierungen werden.

Chrissi und Maurice prosten sich mit ihren Cocktailgläsern zu. Etwa einmal im Monat treffen sich die beiden auf einen Drink in einer gediegenen Cocktailbar am Walther-von-Cronberg-Platz. Ein altes Ritual. »Leander ist ein feiner Kerl«, nimmt Maurice die Unterhaltung wieder auf, nachdem beide einen Schluck der köstlichen Winterkreation genossen haben. »Absolut. Ich hatte erst Bedenken, er würde mir jeden Tag vorrechnen, dass mein ökologischer Fußabdruck die Größe von Australien hat. Aber nichts dergleichen«, fasst Chrissi zusammen. »Ja, er scheint nicht auf Missionskurs zu sein. Lebt halt sein Leben, wie er es für richtig hält. Und man kann ganz entspannt mit ihm quatschen, auch wenn man unterschiedlicher Ansicht ist«, fügt Chrissis Ex-Mann hinzu. »Apropos quatschen: Du hast doch gestern so viel mit Sebastian geredet. Maurice, da ist irgendwas mit der Paketbotin im Gange, aber ich weiß nicht, was. Hat er da irgendwas erwähnt?«, fragt sie. »Paketbotin? Das ist doch eher deine Baustelle«, gibt er zurück. »Haha! Hat er eine Klara oder eine Blaumeise erwähnt?« Maurice prustet. »Wie Blaumeise? Ist das ihr Deckname? Ist sie eine Geheimagentin getarnt als Paketbotin?« »Ach, Quatschkopf. Ich dachte erst, er hat vielleicht was mit ihr. Ich weiß nicht, die beiden telefonieren miteinander und so.« Maurice wird plötzlich ernst. »Chrissi, jetzt hör aber auf. Sebastian liebt dich und hinter der Sache mit der Paketbotin steckt bestimmt etwas total Harmloses«, versichert er ihr und lenkt sofort vom Thema ab. »Schau mal, habe ich geschenkt bekommen«, sagt er und deutet auf einen Anstecker an seinem Revers. Es ist ein Herz in Regenbogenfarben. Chrissi kneift die Augen zusammen. Steckt Maurice da etwa mit drin? Es klingelt.

20

Maurice hat gestern den gemeinsamen Cocktailabend nach einem Anruf unerwartet früh unter vielen Entschuldigungen beenden müssen. Seine Cousine war bei ihm zu Besuch und hatte sich versehentlich ausgesperrt. Da Chrissi ihren edlen Cocktail nicht runterstürzen wollte, blieb sie noch alleine in der Bar. Sie wunderte sich über sich selbst, dass sie die unverhofft dazugewonnene Zeit nicht dazu verwendet hat, weiter am perfekten Weihnachten zu feilen. Zum Beispiel, indem sie das unvermeidliche »Wir-schenken-uns-nichts«-Geschenk einpackt. Die virtuellen Familienweihnachtskarten mussten auch noch mit einem Bildbearbeitungsprogramm in Szene gesetzt werden. Und auf der Heiligabend-Playlist war noch Platz für weitere Musiktitel. Stattdessen hörte sie sich wie aus weiter Ferne noch einen Cocktail bestellen. Dann lehnte sie sich in dem bequemen Ledersessel zurück und hoffte, ihr schlechtes Gewissen würde sie nicht vor morgen heimsuchen.

Barbara nimmt den Telefonhörer aus der Ladestation und meldet sich mit ihrem Nachnamen. »Hier ist die Staatsanwaltschaft Hermann und Co., Müller am Apparat. Es geht um ihre Tochter«, hört sie eine Männerstimme am anderen Ende sagen. »Ja?«, fragt Barbara unsicher zurück und spürt, wie ihr Puls in die Höhe schnellt, sodass es in ihren Ohren rauscht. »Ihre Tochter hat sich gestern betrunken hinters Steuer gesetzt und einen Unfall verursacht. Dabei hat sie ein Kind tödlich verletzt«, erklärt die Stimme. Barbara wird heiß und kalt. »Kann ich sie sprechen?«, fragt sie. »Das geht nicht, sie wird in diesem Moment vernommen. Allerdings ist ein Haftantritt unumgänglich. Die einzige Möglichkeit, wie Sie Ihrer Tochter helfen können, ist die Zahlung einer Kaution in Höhe von 30.000 Euro«, sagt der Mann mit fester, fast schon aggressiver Stimme. »Ich tue alles, um meiner Tochter zu helfen«, sagt Barbara und merkt, dass ihre Hände zittern. Sie vereinbart mit dem Anrufer eine Uhrzeit und einen Ort für die Übergabe des Geldes und beendet das Gespräch. Luis steht wie erstarrt in seinem Hirten-Josef-Umhang mitten im Wohnzimmer und schaut Barbara mit offenem Mund an. »Wer war das?«, fragt er ängstlich. »Betrüger«, gibt Barbara knapp zurück, während sie wütend die Nummer der Polizei wählt und Luis fest in den Arm nimmt. Bis die Polizei drangeht, sagt sie zu Luis: »Es tut mir leid, dass du das hören musstest, aber du brauchst keine Angst zu haben. Ich passe auf, dass uns nichts passiert.«

Beim gemeinsamen Abendessen gibt es für Luis kein anderes Gesprächsthema als seine heldenhafte Oma und wie sie den Verbrecher am Telefon an der Nase herumgeführt hat, sodass die Zivilpolizisten am Ende sogar den Gauner – zumindest jenen, der zur fingierten Geldübergabe kam – schnappen konnten. Und Luis hat gegenüber den anderen Familienmitgliedern den Vorteil, dass er hautnah dabei war. »Es war so aufregend. Ich wusste erst gar nicht, was los war«, fängt er wieder von vorne an zu erzählen. Jedes Mal fällt ihm ein weiteres Detail ein, das er zuvor vergessen hatte. Doch sein Fazit bleibt jedes Mal gleich: Er kann sich nicht vorstellen, dass noch jemand so eine schlaue Oma hat wie er. Doch Barbara bleibt ernst. »Ich wusste zwar, dass Christiane nicht in einem Vernehmungszimmer sein konnte, weil ich sie ein paar Minuten vorher nach Hause kommen gesehen habe. Und trotzdem löst so ein Anruf eine Art Schock aus. Ich habe gemerkt, dass meine Hände gezittert haben, obwohl ich wusste, dass das alles nicht echt sein konnte.« »Oma, du warst richtig wütend, deswegen hast du so gezittert«, findet Luis eine plausible Erklärung und fragt in die Runde: »Darf ich mal kurz in mein Zimmer?« Er durfte. Heute war in seinem Adventskalender ein Abzeichen der Paw Patrol zum Aufbügeln. Die patenten Zeichentrickhunde sind auch clever, immer zur Stelle, wenn jemand Hilfe braucht und lösen jedes Problem. Mama hat gesagt, er soll sich ein Kleidungsstück aussuchen, auf das sie ihm dann das Emblem mit der Hundepfote drauf aufbügeln wird. Er kehrt zurück zum Esstisch und gibt seiner Mama das Bügelbild. »Ich habe mir ausgesucht, wo es drauf soll: Du musst das auf Omas Jacke bügeln«, sagt er mit roten Wangen. Oma räuspert sich. »Das ist ganz lieb von dir, Luis, aber die Verbrecher sollen mich ja nicht gleich erkennen«, gibt sie zurück. Luis nickt anerkennend. »Sag ich doch: Niemand hat so eine schlaue Oma wie ich!« Es klingelt.

21

Um Luis’ Aufregung komplett zu machen, hat gestern Abend auch noch die Polizei an der Tür geklingelt und sich für Barbaras vorbildliches Verhalten bedankt. Luis wurde nicht müde, auch den Beamten zu erzählen, dass er die ganze Zeit dabei war und mitbekommen hat, wie toll seine Oma reagiert hat.

Die Schachteln mit dem Baumschmuck stehen bereit, Chrissi hebt behutsam die Deckel ab. Sebastian, Luis und Leander fassen gemeinsam den Stamm der Tanne in den Christbaumständer ein. Lea steckt die Lichterkette zum Testen in die Steckdose und ist erleichtert, als alle kleinen Kerzchen aufleuchten. Chrissi betrachtet den Baumschmuck eingehend. Dieses Jahr hat sie sich für eine Mischung aus Altrosa und Silber entschieden. Große rosa Kugeln in vereister Optik und kleine glänzende sollen sich am Baum mit glitzernden silbernen Kugeln und Schlittenglocken an altrosa Schleifen abwechseln. Die Kombination würde perfekt aussehen, davon ist Chrissi überzeugt. Allerdings hat Luis seine eigenen Ideen zur Baumdekoration, die er ebenfalls in das Ensemble einbringen will. Auch wenn sich Chrissi innerlich sträubt, hängen schließlich Flugzeuge und ein Roboter sowie Figuren und ausgeschnittene Bilder von Paw Patrol und Feuerwehrmann Sam wie Fremdkörper mitten in dem durchkomponierten Arrangement. Chrissis Sinn für Ästhetik krümmt sich vor Schmerzen und auch Leander schaut wehmütig drein. Beiden tut der Baum leid – wenn auch aus unterschiedlichen Gründen. Luis hingegen klatscht beim Blick auf das vollendete Werk begeistert in die Hände und Sebastian grinst vor sich hin.

Später, als alle schlafen und es im Haus ganz still ist, schleicht Chrissi ins Wohnzimmer und schaltet ihre Stirnlampe ein, die sie sich für winterliche Joggingrunden gekauft, aber nie benutzt hat. Sie hat gar keine Zeit, im Winter joggen zu gehen. Mit zielsicheren Handgriffen hängt sie den Baumschmuck im Lichtkegel der Stirnlampe um. Die Spielzeuge und Bilder wandern in Richtung hintere Ecke, ein paar Flugzeuge versteckt sie geschickt hinter rosa Kugeln. Wenigstens beim Reinkommen sieht der Baum jetzt anständig aus, findet Chrissi. Was sie Luis erzählen wird, weiß sie noch nicht. Es klingelt.

22

Chrissi hat sich mächtig erschrocken, als ihr gestern beim nächtlichen Umdekorieren des Weihnachtsbaums eine Glocke runtergefallen war und klingelnd über den Fußboden eierte. Sie stieß einen leisen Fluch aus und hob die Schelle rasch auf. Das rosa Bändchen war wohl aufgegangen, als sie damit hantiert hatte. Sie horchte, ob das Geräusch jemanden geweckt hatte, aber im Haus blieb es ruhig. Sie hängte die Glocke an den dafür idealen Zweig und huschte leise wieder ins Bett.

»Mama, Mama«, ruft Luis in aller Herrgottsfrühe und rüttelt seine Mutter wach. Chrissi bekommt nur mühsam die Augen auf. »Spatz, was ist denn los?« »Mama, komm schnell ins Wohnzimmer, das musst du dir angucken!« Luis ist völlig aus dem Häuschen. Mit einem Mal ist Chrissi hellwach und setzt sich im Bett auf. Oha, der Weihnachtsbaum!

Sebastian dreht sich, irgendetwas Unverständliches murmelnd, auf die andere Seite. Luis zerrt an Chrissi, die sich aus dem Bett schält. In ihrem Kopf rattert es. Was sage ich denn jetzt?, überlegt sie, während sie hinter Luis nach unten ins Wohnzimmer geht. Als erstes tue ich mal überrascht, nimmt sie sich vor. »Mama, der Baum, guck doch!« sagt Luis wild deutend. Sie bleibt wie angewurzelt stehen und muss ihre Überraschung nicht vortäuschen. »Was ist denn mit dem Baum passiert?«, ruft sie grundehrlich. Jemand hat ihren Baumschmuck und Luis' Spielzeuge in sich abwechselnden, von oben nach unten verlaufenden Reihen angeordnet. Chrissis Sinn für Ästhetik ist unschlüssig. Das sieht unmöglich aus - aber Struktur und Harmonie sind nicht von der Hand zu weisen. Eine herausfordernde Zusammenstellung. Gar nicht mal schlecht, gesteht sie sich ein, nachdem der erste Schreck verflogen ist. Auf jeden Fall originell. »Mama, da hat Lasse bestimmt die ganze Nacht mit zu tun gehabt«, vermutet Luis. Lasse! Den Wichtel hat sie wegen ihrer Christbaumaktion wieder völlig vergessen. Wie wunderbar, dass der mittlerweile seine eigenen Ideen umsetzt. Dennoch hätte sie zu gerne gewusst, wer dem kleinen Weihnachtself dabei eine helfende Hand gereicht hat. Es klingelt.

23

Lea war gestern früh rasch an die Tür geeilt, als es geklingelt hat. Sie hatte sich extra für den frühen Morgen mit Frau Parker zur Übergabe ihrer Auftragsarbeit verabredet, da sie sich um diese Uhrzeit vor neugierigen Blicken einigermaßen sicher wähnte. Doch dann standen ein aufgeregter Luis und eine geplättete Mutter vor einem gewagt geschmückten Weihnachtsbaum. Leas Versuch, mit dem unter den Arm geklemmten Werkstück an ihnen vorbei zu schleichen, misslang. »Wer war denn das?«, wollte ihre Mutter wissen. »Frau Parker hat mir ein Weihnachtsgeschenk für einen ganz besonderen Menschen vorbeigebracht, das aber gleichzeitig eine Überraschung für die ganze Familie ist. Haltet ihr es noch bis Heiligabend aus?«, antwortete Lea. »Mit welchem Buchstaben fängt es an?«, hakte ein vor Neugier platzender Luis nach. »Mit

D«, sagte Lea und machte sich auf den Weg in ihr ehemaliges Zimmer.

Was ist das nur dieses Mal für ein Weihnachten?, fragt sich Chrissi besorgt, als sie in ihrem Arbeitszimmer am Computer sitzt und die Weihnachtslieder-Playlist vervollständigt. Alles ist diesmal so anders. Die Vorstellung, ihren Vater nie wieder »Stille Nacht« singen zu hören, tut ihr weh. Und dass sie für das perfekte Fest permanent auf Veränderungen und Missverständnisse reagieren muss, kostet Nerven. Obendrein hat jetzt auch noch ein Familienmitglied nach dem anderen irgendwelche Geheimnisse. Sie geht frustriert rüber ins Wohnzimmer zum Lebkuchenhaus und löst von einer Hauswand fast die komplette Deko an Gummibärchen, Schokolinsen und Mini-Keksen ab. Dann dreht sie das Häuschen so zur Zimmerwand, dass man den Schwund an Süßkram nicht bemerkt. Sie stopft sich die Leckereien in den Mund. Das tut gut! Wenn jemand fragt, wer das war, schiebe ich es auf Lasse. Ich kann auch Geheimnisse haben, denkt sie und macht sich wieder an die Arbeit.

»Hey Luis, hast du Lust, mit mir zu Oma rüberzugehen?« fragt Lea ihren kleinen Bruder. Der versucht gerade, die Kapsel eines Überraschungseis aufzubekommen, das Hauswichtel Lasse über Nacht zwischen den Hühnereiern versteckt hat. Mit einem »plopp« fliegt die Plastikkapsel auf und ein zweiteiliger Löwe zum Zusammenstecken kommt zum Vorschein. »Oh ja, dann kann ich ihr gleich meinen neuen Löwen zeigen«, sagt er, als er ein eingepacktes Geschenk unter Leas Arm bemerkt. »Ist das für Oma? Das, was mit ›D‹ anfängt?« »Ja, genau. Ich will es ihr jetzt schon geben. Morgen Abend ist vielleicht ein bisschen zu viel los bei uns. Weißt du, es ist eben etwas ganz Besonderes.« Da Luis gestern schon fast vor Neugier geplatzt wäre und auch mächtig stolz ist, dass seine große Schwester ein besonderes Weihnachtsgeheimnis mit ihm teilen will, ist er sofort Feuer und Flamme für das Vorhaben. Gemeinsam gehen sie ins Haus gegenüber. »Na, mit euch habe ich ja jetzt gar nicht gerechnet, das ist aber eine schöne Überraschung«, freut sich Oma Barbara und drückt die beiden. Es gibt heiße Schokolade und Luis wartet ganz gespannt auf den großen Moment. Er zappelt mit den Beinen, die vom Küchenstuhl herunter in der Luft baumeln. »Ich wollte dir dein Weihnachtsgeschenk gerne jetzt schon geben«, sagt Lea und überreicht ihr ein großes, weiches Paket. Barbara löst die Schleife und faltet schließlich eine große Decke auseinander, die aus einzelnen Stoffstücken zusammengesetzt ist. Ein paar davon haben sogar Knöpfe. Oma streichelt die Decke, lacht und weint gleichzeitig. Luis ist zunächst bestürzt. »Oma, warum weinst du?« Dann schaut er sich die Decke genauer an. »Das ist doch ein Stück von Opas Pullover. Und da, von seiner grünen Jacke«, erkennt Luis. »Ja, Frau Parker hat die Decke aus Opas alten Kleidungsstücken genäht. Es erinnert an Opa und hält warm«, erklärt Lea, die sich ebenfalls Tränen aus dem Gesicht wischt. Oma drückt die Decke an sich, will etwas sagen, aber ihre Stimme bricht. Nun kullern auch bei Luis die Tränchen, aber es fühlt sich anders an, als wenn er ganz doll traurig ist. Er hopst vom Stuhl und krabbelt auf Oma Barbaras Schoß, Lea setzt sich neben die beiden aufs Sofa. Sie kuscheln sich zusammen in die Decke ein und denken an Opa Heinz. Als sie wieder sprechen können, erzählen sie sich Geschichten von ihm, lachen und weinen gleichzeitig. »Meinst du, er guckt uns gerade vom Himmel aus zu?«, fragt Luis. »Ganz bestimmt«, antworten Oma Barbara und Lea gleichzeitig. »Dann feiert er ja doch mit uns Weihnachten«, schlussfolgert Luis, während die Glöckchen an Omas Weihnachtspyramide klingeln.

24

Luis freut sich, dass Papa auf dem Weg zur Kirche dieses Mal nicht wieder seine Mütze vergessen hat und noch mal nach Hause zurück muss. Nicht so wie die beiden Weihnachten vorher. Wegen des Krippenspiels ist Luis ganz aufgeregt. Als das Stück endlich losgeht, hat er vor Lampenfieber seinen ersten Satz vergessen, aber nachdem ihm eine Mutter den Text flüsternd zuraunt, ist der Bann gebrochen und Josef und Maria landen auf der Suche nach einer Herberge nach zahlreichen Absagen in einem Stall, wo das Jesuskind auf die Welt kommt. Nach dem großen Applaus drückt seine Mama Luis stolz: »Das war perfekt!« »Nein, Mama, perfekt war das Weihnachten für Maria, Josef und Jesus bestimmt nicht«, gibt Luis außer Puste zurück.

Zu Hause liegen gar keine Geschenke unterm Weihnachtsbaum. Luis kriecht unter die Nordmanntanne, um ganz genau nachzuschauen, aber da ist nichts. Hat Lasse die Weihnachtsgeschenke im Haus versteckt? War der Weihnachtsmann noch nicht da? Die Erwachsenen sehen ebenfalls ratlos aus. Es klingelt.

Chrissi, Lea und Sebastian eilen gleichzeitig an die Tür, Chrissi gewinnt das Rennen. Ein kleiner, mit Geschenken bepackter Weihnachtsmann betritt das Haus und ruft: »Fröhliche Weihnachten!« Luis jubelt erleichtert. »Junger Mann, weißt du, ob es hier jemanden gibt, der nicht an mich glaubt?«, fragt der Weihnachtsmann und deutet auf Sebastian: »Der da vielleicht?« »Ach Weihnachtsmann, das weiß doch jeder, dass es dich gibt. Erwachsene erfinden manchmal blöde Sachen über dich, das weiß ich auch. Weil du eben nicht mehr zu ihnen kommst, sondern nur zu den Kindern«, erklärt Luis und zieht den Weihnachtsmann an der Hand ins Wohnzimmer. Sebastian nickt ergeben, während Chrissis und Leas Blicke an den türkisfarbenen Schuhen des Weihnachtsmanns hängen bleiben.

Das war es also, was Sebastian mit Klara ausbaldowert hatte, denkt Chrissi und ihr Herz macht einen Hüpfer. Das ist aber wirklich eine schöne Geste. Und eine gelungene Überraschung. Sie sucht Sebastians Blick. Ihr anerkennendes Lächeln soll ihm sagen: »Ich weiß Bescheid und finde es toll!« Er zwinkert ihr zu. Es klingelt. Lea öffnet und herein kommt ein Weihnachtsmann, der einen edlen Samtmantel trägt, den es sicher nicht von der Stange gibt. Er wünscht ein »Merry Christmas everybody!« in die Runde. Hinter ihm kommt direkt Weihnachtsmann Nummer drei reingestapft und bringt seine Gaben, die er in einem Turnbeutel-Rucksack mit Schottenkaros verstaut hat, ins Haus der Brückners. Chrissi schaut ihre Tochter an, die ihren Blick direkt erwidert. Dann halten sich die beiden prustend die Hände vor die Münder. Luis ist erst verblüfft, doch dann stellt er sich vor die beiden neuen Weihnachtsmänner und stemmt die Hände in die Hüften. »Also, ich weiß ja, dass es mehrere von euch gibt, damit auch wirklich alle Kinder Weihnachtsgeschenke bekommen. Aber hier ist schon ein Weihnachtsmann«, sagt er und deutet Richtung Weihnachtsbaum, unter den ein Weihnachtsmann in türkisfarbenen Schuhen gerade Geschenke legt. »Ihr geht bitte zu den Kindern, bei denen noch kein Weihnachtsmann ist.« Oma Barbara legt ihre neue Decke beiseite, steht von der Couch auf und drückt Luis an sich: »Du bist wirklich ein ganz besonderer Junge.«

Während »Stille Nacht« aus dem Lautsprecher erklingt, blickt Chrissi nachdenklich in die Runde, die sich nach dem Essen angeregt unterhält. Eigentlich hätte das Weihnachtsfest nicht unperfekter laufen können: Zu viele Weihnachtsmänner, von denen zwei gleich wieder weggeschickt werden, Oma Barbara hat ihr Geschenk schon einen Tag vorher bekommen und all diese Geheimnisse, die ihr zu schaffen gemacht haben. Und dennoch ist am Ende alles gut geworden. Es ist ein schönes Fest. Nein, denkt sie, es ist sogar perfekt, eben weil es so besonders ist. »Mama?«, holt sie Luis' Stimme aus ihren Gedanken. Er hält ihr den Plätzchenteller hin. Sie nimmt sich einen Dinosaurier-Keks und Luis geht mit dem Teller weiter, von einem zum anderen – so wie es Opa

Heinz immer getan hat. Draußen vorm Fenster tanzen erste weiße Flocken. Es schneit.

Sabine Hagemann ist gebürtige Frankfurterin und glücklich darüber, in der Mainmetropole zu leben. Immer neugierig auf ihre Heimatstadt, die Menschen und deren Geschichten, ist der Beruf der Lokalredakteurin wie für sie gemacht. Kein Wunder also, dass ihr schriftstellerisches Debüt in Frankfurt spielt.

Danksagung

Ich bedanke mich für grandiose Ideen, tatkräftige Unterstützung und Aufrechterhaltung meiner Work-Life-Balance bei Dani, Karin, Heike, Günter, Katrin, Janine, Tabea, Marie-Ann, Robbie und dem Team des Societäts-Verlags. Habt ein perfekt unperfektes Weihnachtsfest!